●차 례

달 리

해설 / 鄭永烈

서문당 • 컬러백과 ──   서양의 미술 ⑨

아틀리에의 자화상… 5
빌라말랴의 聖女 루치에의 축제… 6
아버지의 초상… 7
등을 돌려 앉은 소녀… 8
마드리드 건축… 9
세니시타스… 10
새… 11
어릿광대… 12
빵 광주리… 13
윌리엄 텔의 노년시절… 14
욕망의 수수께끼 어머니, 어머니, 어머니… 16
빛에 비쳐진 쾌락… 17
달빛 비친 정물… 18
기억의 영속… 19
꿈… 20
폴 엘뤼아르의 초상… 21
작곡 : 레닌의 초혼… 22
현기증… 24
營養家具의 離乳… 25
회상의 여자 흉상… 26
두개골로 된 하프를 젖짜듯 하는 평범한 대머리 관료… 27
테이블로 사용되는 베르메르의 망령… 28
성적 매력의 망령… 29
나르시스 변모… 30
갈라의 기도… 32
전화와 해변… 33
서랍이 달린 미로의 비너스… 34
구운 베이컨과 부드러운 자화상… 35
볼테르의 보이지 않는 흉상이 있는 노예시장… 36
최후의 만찬… 38
빵 광주리… 40
잠깨기 직전 석류 주위를 한 마리 꿀벌이 날아서 생긴 꿈… 41
십자가의 聖 요한의 그리스도… 42
자신의 순결을 뿔로 범하게 될 젊은 처녀… 43
거울을 통해서 입체적으로 표현한 달리와 갈라… 44
新 암스테르담 '흰독수리'… 45
다랭이 잡이… 46
작가론… 48
작가 연보… 51

鄭永烈 略歷

문학박사(美, Columbia大) / 제7회 Cagnés 國際繪畫祭 한국대표 / 제9회 I.A.A 총회 한국代表 / 한국미술협회 부회장 역임 / 서양화가 / 中央大學校 藝術大學 교수

아틀리에의 自画像(카다케스)
AUTOPORTRAIT DANS L'ATELIER, A CADAQUÈS

달리의 고향 피게라스에서 약 18마일
가량 떨어진 작은 어촌 카다케스에서 그린
이 그림은 자유 분방한 거친 붓자국과
표법을 보이고 있어, 인상주의적이며
야수주의적인 경향이 엿보이는 작품이다.
  카다케스는 그가 10세 되던 해에
〈병든 아이〉라는 최초의 유화 작품을 그린
곳이기도 하며 그의 아버지 돈 살바도르
달리의 고향이기도 하다. 그가 어릴적
성장한 바 있는 이 카다케스는 후일 그의
초현실적 영감을 크게 자극하기에 이른다.
  이 작품은 이젤 앞에서 제작하는 자신의
모습을 세 개의 거울을 통해 포착하는,
방법이 특이하며 바닥면에 투사된 음영을
적자색(赤紫色)으로 표현한 것으로 보아
주관적 내지는 표현주의적 경향을 보이기도
한다.

1919년경 캔버스 油彩 27×21cm
클리블란드 달리 미술관 소장

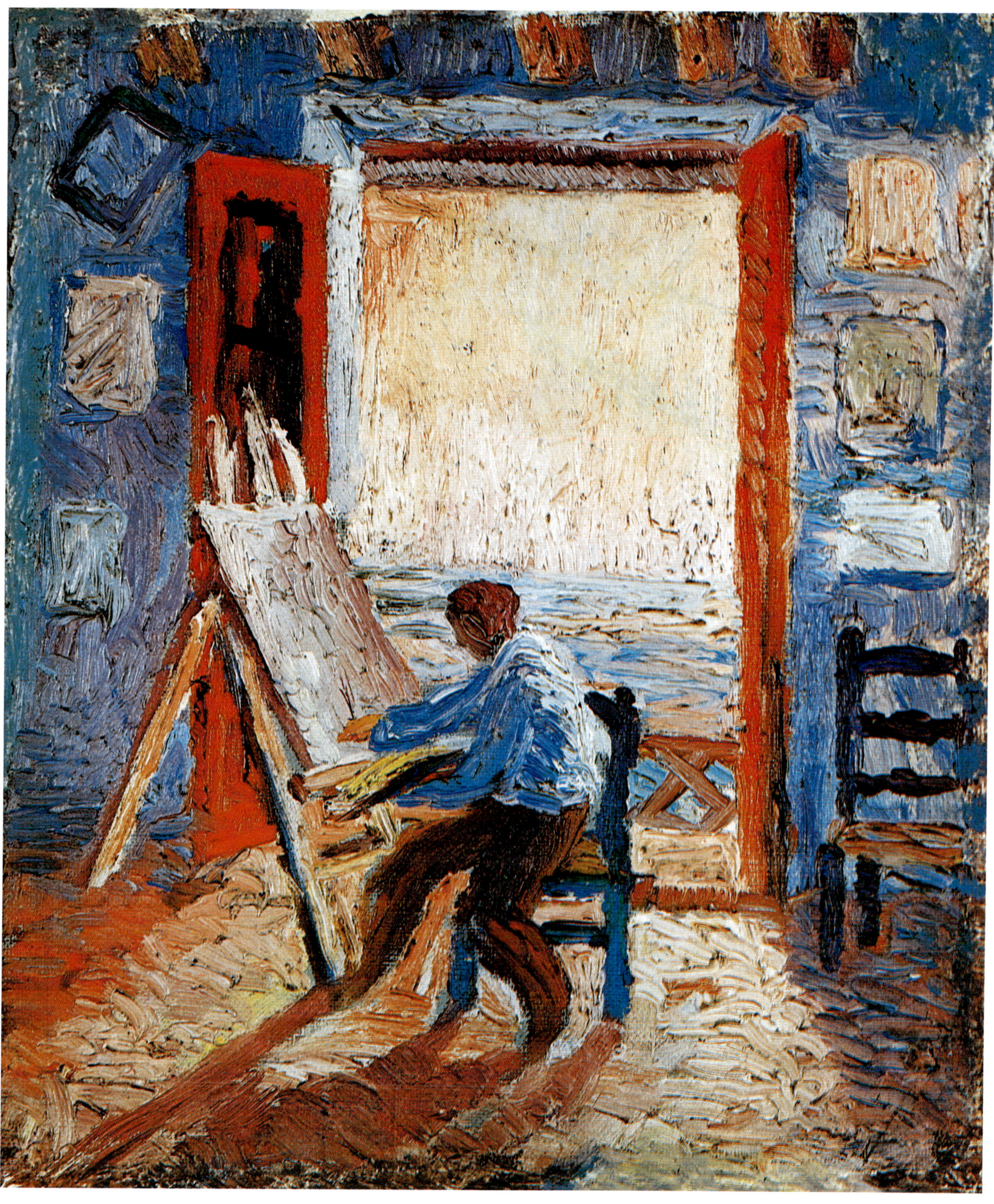

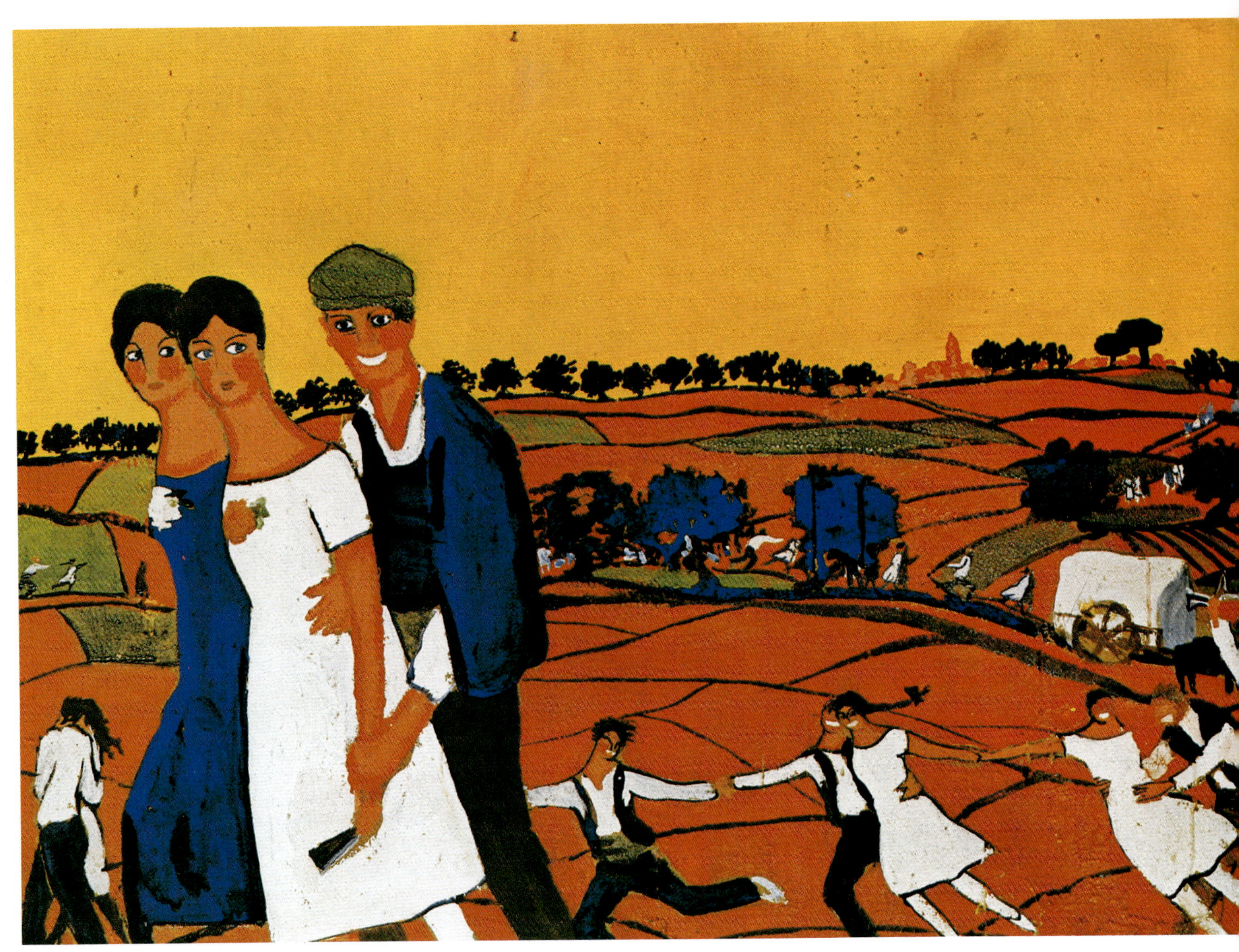

빌라말랴의 聖女 루치에의 축제
FÊTE DE SAINTE LUCIE A VILAMALLA

    종이 위에 괏슈로 그린 이 그림은
표현주의적 경향의 채색과 묘법을 강하게
풍기는 작품이다.
    달리는 어릴적부터 그가 자란 지방의
풍속에 깊은 관심을 갖고 원시 미개적인
장식화 같은 풍속화 등을 그리곤 했다.
    이 작품은 성녀 루치에의 축제일을 맞아
놀이 진 농촌의 들녘에서 젊은 남녀들이
한데 어울려 축제를 즐기는 정경을 묘사한
것이다. 이 작품은 달리의 작품으로서는
드물게 보이는 전원을 배경으로 하는
환희에 넘치는 목가적 풍경을 담고 있다.
    루치에의 축제일은 12월 13일인데 중세의
달력에 의하면 1년 중 낮이 제일 짧은
날이라고 하니 우리의 섣달 동짓날이 아닌가
하고 생각되어진다.

1921년경 厚紙 괏슈 54.9×74.1cm
바르셀로나 개인 소장

아버지의 초상
PORTRAIT DE MON PÈRE

    이 그림의 특징은 대개의 초상화들이 정면
향인데 반해 측면 향의 자세를 취하고 있는
점이다. 또한 인물을 보다 강조 표현하기
위하여 배경의 하늘과 지평의 면을 크게
양분하고, 붉게 물든 석양 하늘을 인물과
강하게 대비시키고 있다.
    그는 「아버지는 위대하다.」는 관념 때문에
어떠한 작품보다도 물감의 층을 두텁게
착색하여 중후감을 강조하려 하였다. 「해가
짐과 동시에 멈추는 해바라기의 활동에
넋을 잃은 아버지는 나의 죽은 형 무덤가에
놓으려 단단한 해바라기를 조각해 주도록
나에게 부탁하였다.」라고 이 작품을 스스로
설명하고 있다. 그러나, 그가 어릴적부터
그의 형에 대한 콤플렉스에 젖었던 것과,
그의 아버지에 대한 관념적 인상을
강조하려 했다는 것과는 서로 미묘한 차를
보인다.

1920~1년경 캔버스 油彩 92×65cm
피게라스 달리 미술관 소장

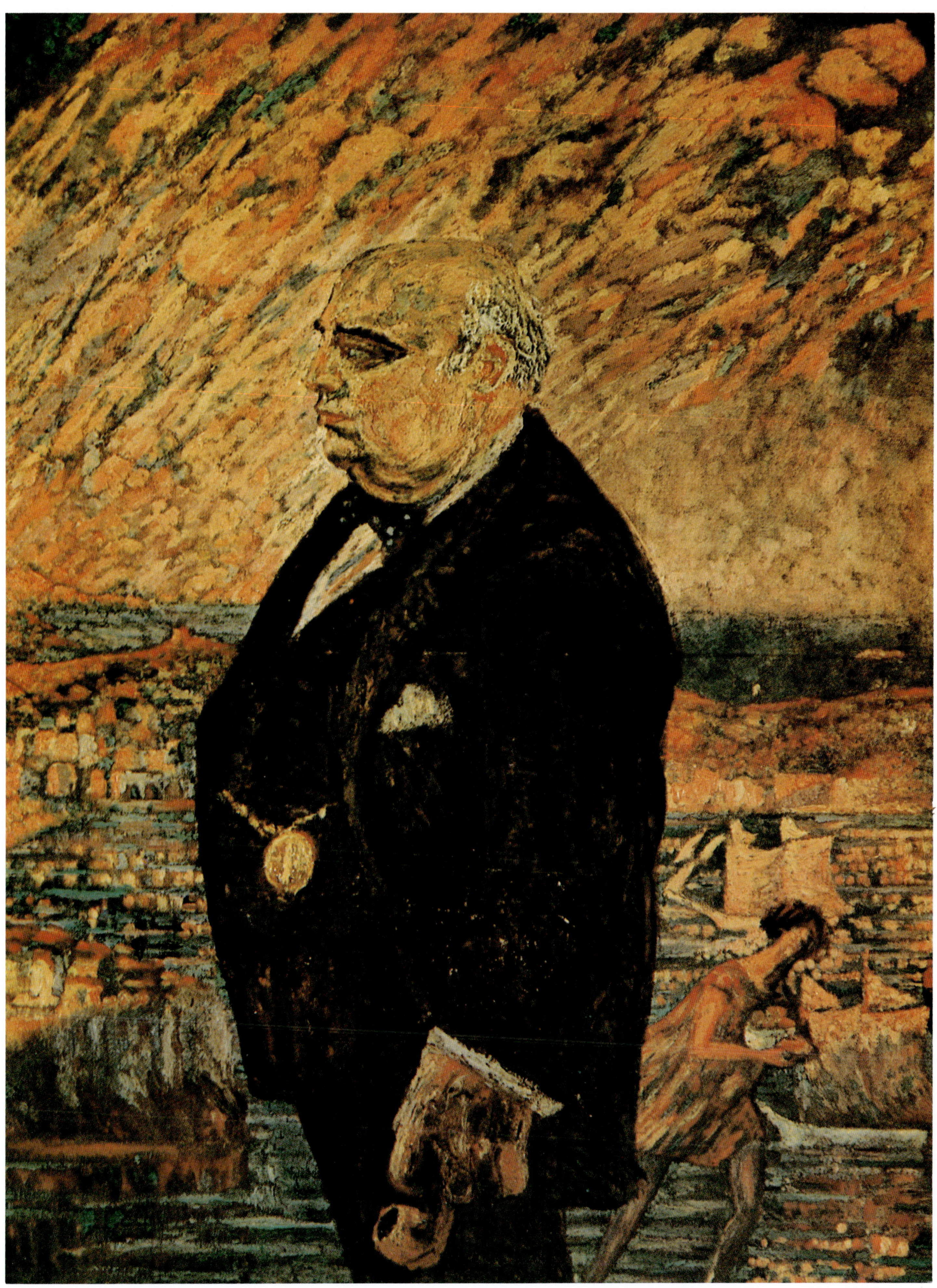

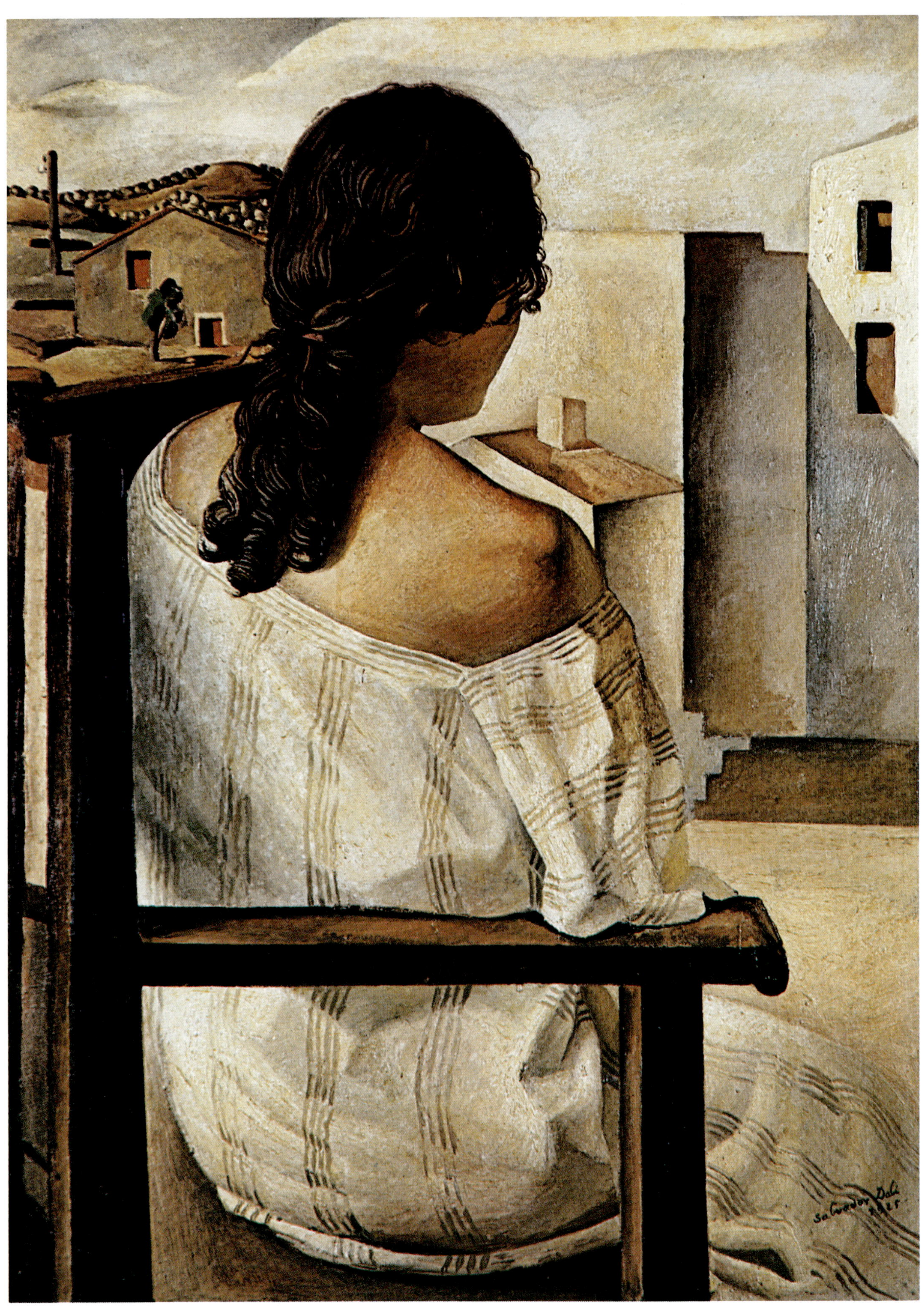

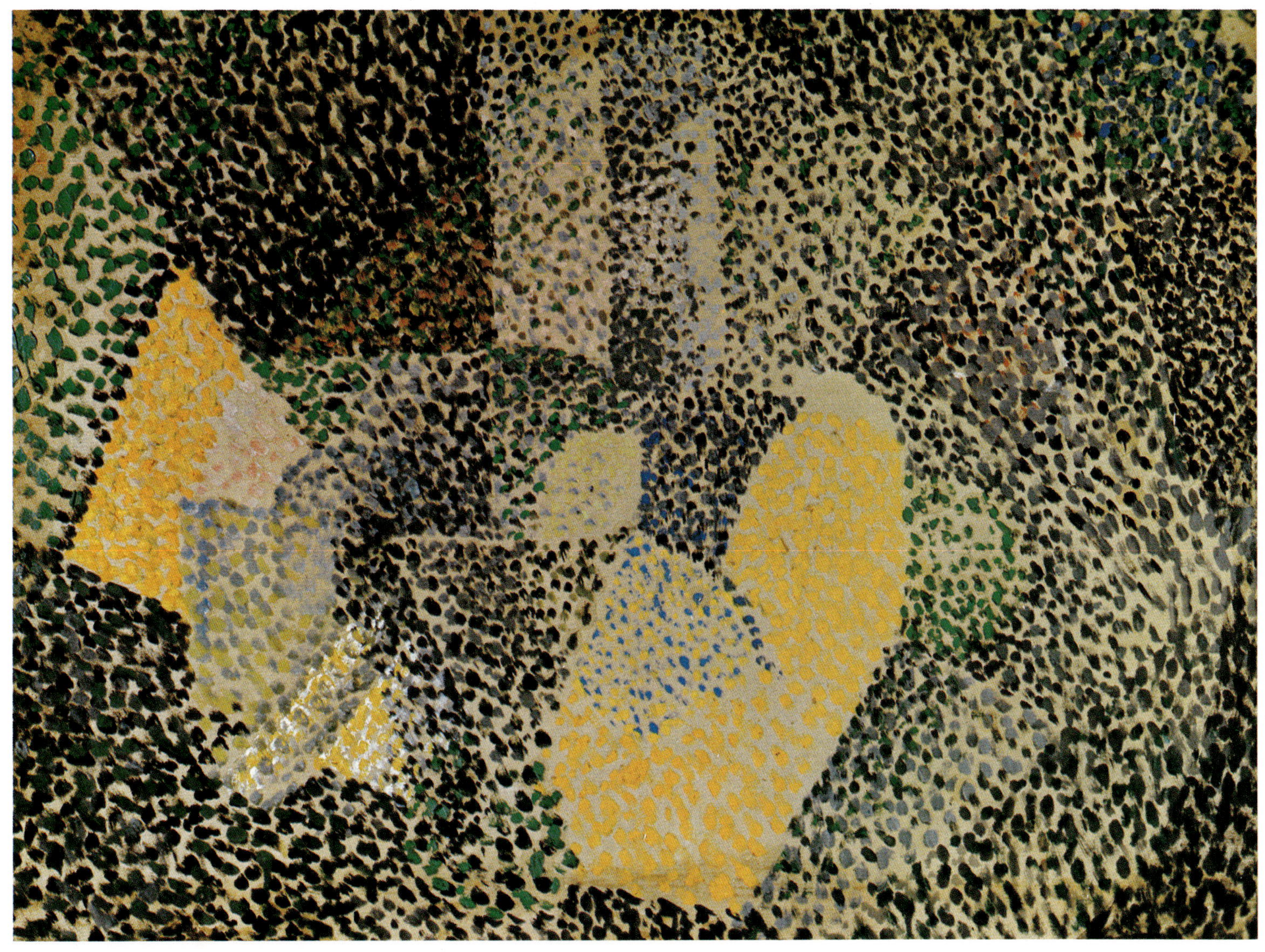

등을 돌려 앉은 소녀
JEUNE FILLE ASSISE VUE DE DOS

　20세 초반에 접어든 달리가 17세기 네덜란드의 화가 베르메르에게 끌려 고전주의적 사실을 지향하고 그린 이 작품은 카다케스의 고향집에서 그보다 네 살 아래인 누이동생 마리아를 모델로 그린 그의 초기 작품이다. 그녀는 오빠를 위해 자주 모델이 되어 주곤 했는데 뒷모습을 그린 경우도 많다.

　달리는 비스듬히 의자에 걸터앉아 머리카락을 묶어 늘어뜨린 여인의 두상 부분에 관심을 두었던 것 같다. 오른쪽 어깨를 노출시킨 것도 두상 쪽에 시선을 집중시키기 위한 것으로 보여지며 배경의 큐비즘적 풍경들과는 유니크한 대조를 보이고 있다.

　이 작품은 이 해 11월 바르셀로나의 달마우 화랑에서 열린 그의 첫 개인전에 출품되었으며, 이 전시회를 통해 유망한 신인으로서 명성을 얻게 되었다.

　1925년 캔버스 油彩 108×77cm
　마드리드 근대 미술관 소장

마드리드 건축
MADRID, ARQUITECTURA I CHOPOS

　1922년 마드리드 미술 학교에 입학한 그는 학교의 수업에만 만족지 않고, 프라도 미술관에서 거장들의 작품에 대한 연구와 더불어 당시의 새로운 미술의 동향 파악에 몰두하였다. 이 작품은 신인상주의·점묘주의·미래주의·큐비즘 등에 차례로 관심을 보이며 심취하였던 그의 점묘주의 화풍에 속하는 그림인 것이다.

　쇠라, 시냑 등의 신인상주의 회화는 큐비즘과 연결되는 원류 중의 하나지만, 이 그림은 달리 자신 특유의 독자적 해석법에 의해 추구한 것이다.

　황·녹·청·흑 등의 제한된 색들로써 점묘하고 그림 속에 마드리드의 도시 일부분을 기하학적 형태로 부상시키고, 채색의 합리성을 꾀한 이 작품은 달리의 작품에 있어서 초기의 시적 정서가 넘치는 습작 중의 하나로 손꼽힌다.

　1922년 종이 油彩 47×62.9cm
　파리 개인 소장

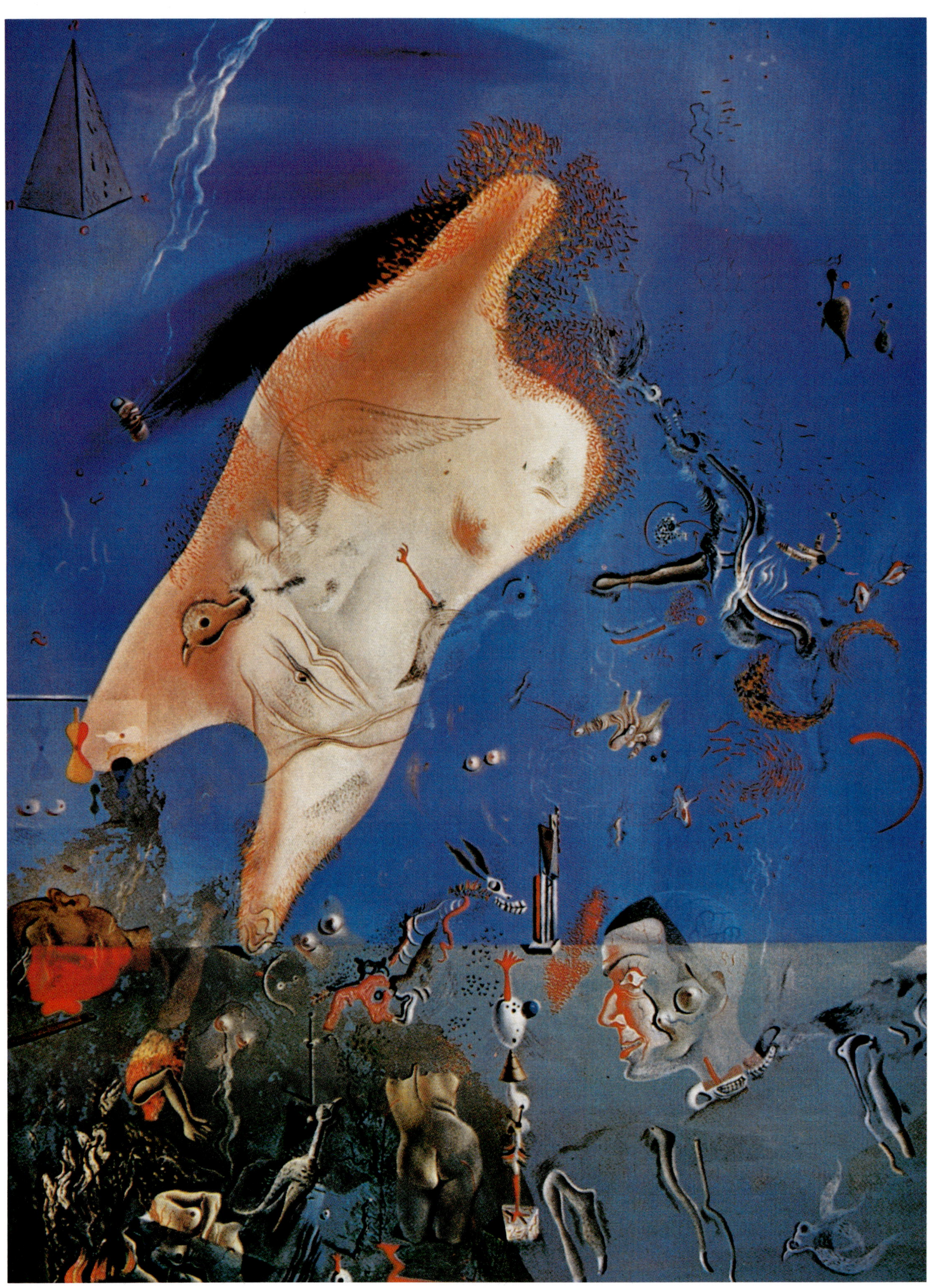

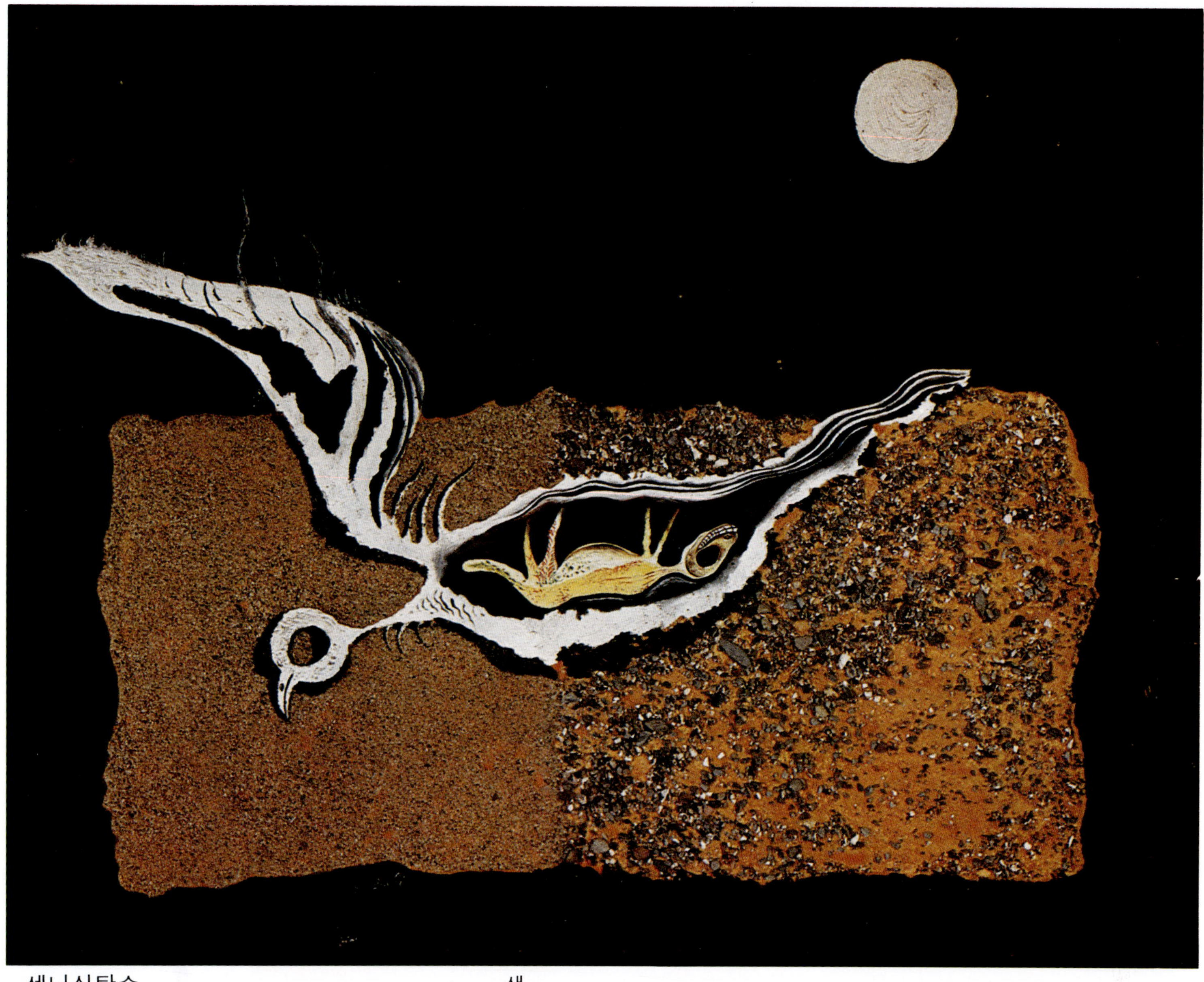

세니시타스
CENICITAS

새
OISEAU

   1927년 달리가 파리로 진출하기 직전의
작품으로서 그에게 있어 여태까시와는 다르게
별안간 나타나게 되는 불가사의한 내용의
그림이다. 달리 예술의 본질이라 할 수 있는
초현실적 내용의 작품 경향을 보인 이
작품에 대해 그는 「이 작품은 내가 군복무 중인
9 개월간에 그린 단 하나의 작품이다. 」라고
말하고 있다. 이 작품에서 푸른색의 공간을
배경으로 두 마리의 새가 투영된
그로테스크하게 일그러진 인체의 모습과
말, 당나귀, 남자의 정면과 측면 두상,
나부의 토르소, 삼각기둥, 뒤틀린 상호
비연관성을 지닌 형체들이 공간을
떠다니거나 매몰되어 있음을 볼 수 있다.
이 작품은 미로나 에른스트 등의 그것을
연상케도 하지만, 여태까지 유래를 찾을 수
없는 이 독특한 세계는 그를 초현실주의의
세계로 치닫게 한 시점의 작품이다.

1926~7년 板 油彩 64×48cm
피게라스 달리 미술관 소장

   카나케스에서 제작된 이 작품은 어두운
바탕에 달을 그려 넣어 우주의 섭리를
표출하는 양, 화면 중심부에 장방형이 놓이고
그 양쪽에 모래와 자갈 등을 붙여 놓았다.
그 마티에르에서는 그가 어릴적에 경험한
카다케스의 하얀 암벽과 섬바위 사이를
넘나드는 파도 등에 대한 애착이 엿보인다.
막스 에른스트의 영향을 보이는 이 작품은
그것을 피상적으로 받아들인 것이 아니라,
자신의 꿈을 표현하기 위해 에른스트적인
것을 빈 것으로 보여진다. 이름을 알 길
없는 흰빛의 새, 그 새의 태(胎) 안에는
잉태된 또 하나의 괴이한 동물이 출산을
기다리는 것처럼 성장되어 있다. 새의
태를 빌어 잉태된 이 고양이는 곧 달리
자신이며, 태를 박차고 나온 그 고양이는
이내 호랑이로 성장하여 결국에는 미술계에
커다란 파문을 일으켰다.

1928년 板 油彩 모래 49×60cm
런던 개인 소장

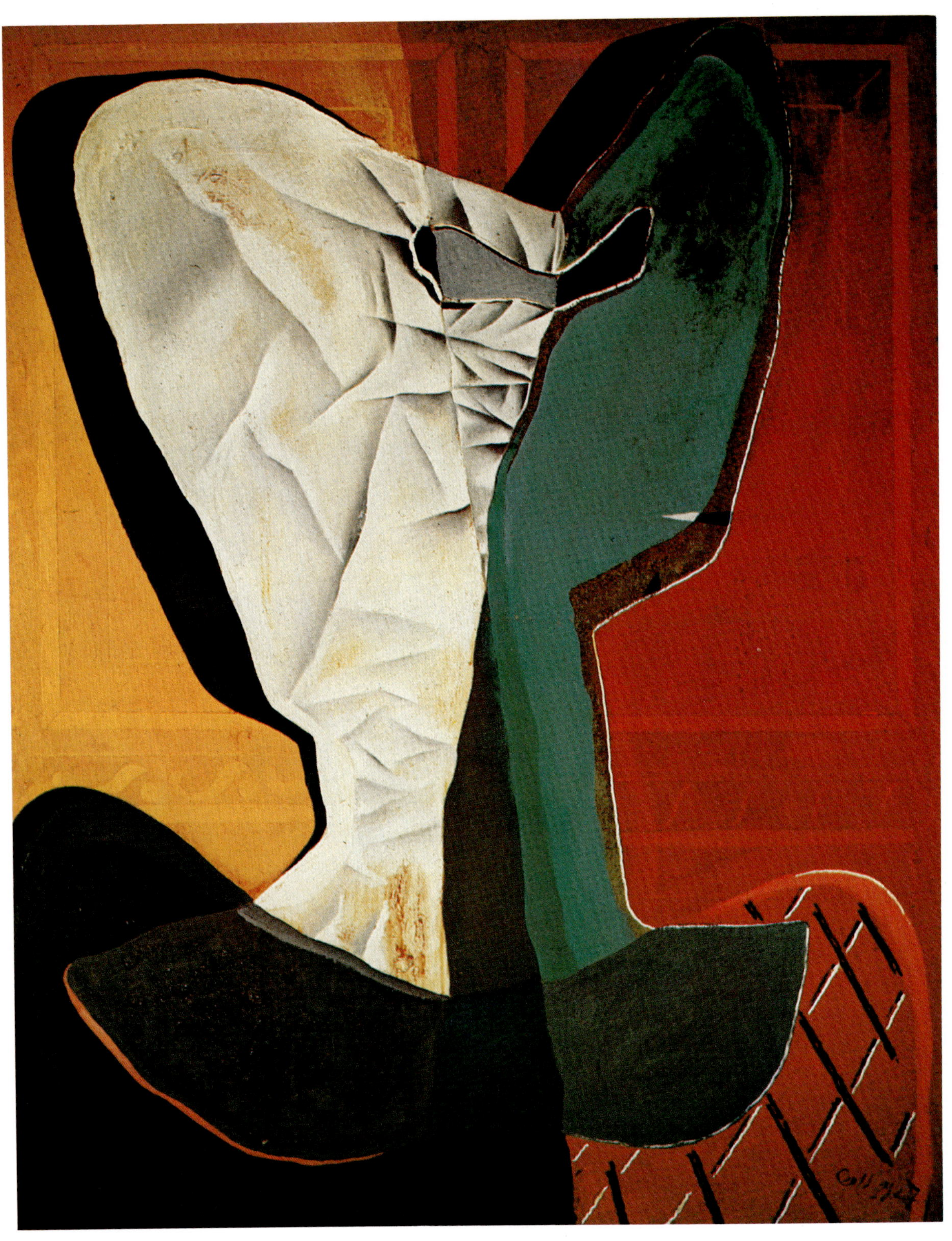

어릿광대
L'ARLEQUIN

　1927년 파리에 진출한 달리는 새로운
회화적 존립을 위해 고심하게 된다. 그러한
그의 작품은 놀라울 정도의 불균형을
나타내게 된다. 그는 피카소의 영향을 직접
받고 있으면서도 자신의 본질적인 특유의
성격을 작품 속에 나타내고 있었다. 이
무렵 달리는 초현실적 작품 경향과 더불어
후기 큐비즘적 경향의 작품을 제작하고
있었다. 이 해에 그는 〈달빛 비친 정물〉,
〈여자의 얼굴〉 등을 그렸는데 이 모두가
큐비즘적인 작품에 속한다. 후기 큐비즘은
엄격한 기하학적 조형에서 차츰 벗어나
때로 장식적이라 할 수 있는 유연성과
임의의 색채를 보인다. 달리의 이 작품은
꼴라쥬, 빠삐에 꼴레 등을 직접 그림으로
그렸으며 아무렇게나 어우러진 상태, 그
밖의 마티에르 본위의 표현을 시도하고 있다.
이처럼 비인간적으로 물질화했다는 점에서
볼 때 달리의 찾아보기 힘든 초기 작품 중의
하나라고 보겠다.

1927년 캔버스 油彩 190×140cm
피게라스 달리 미술관 소장

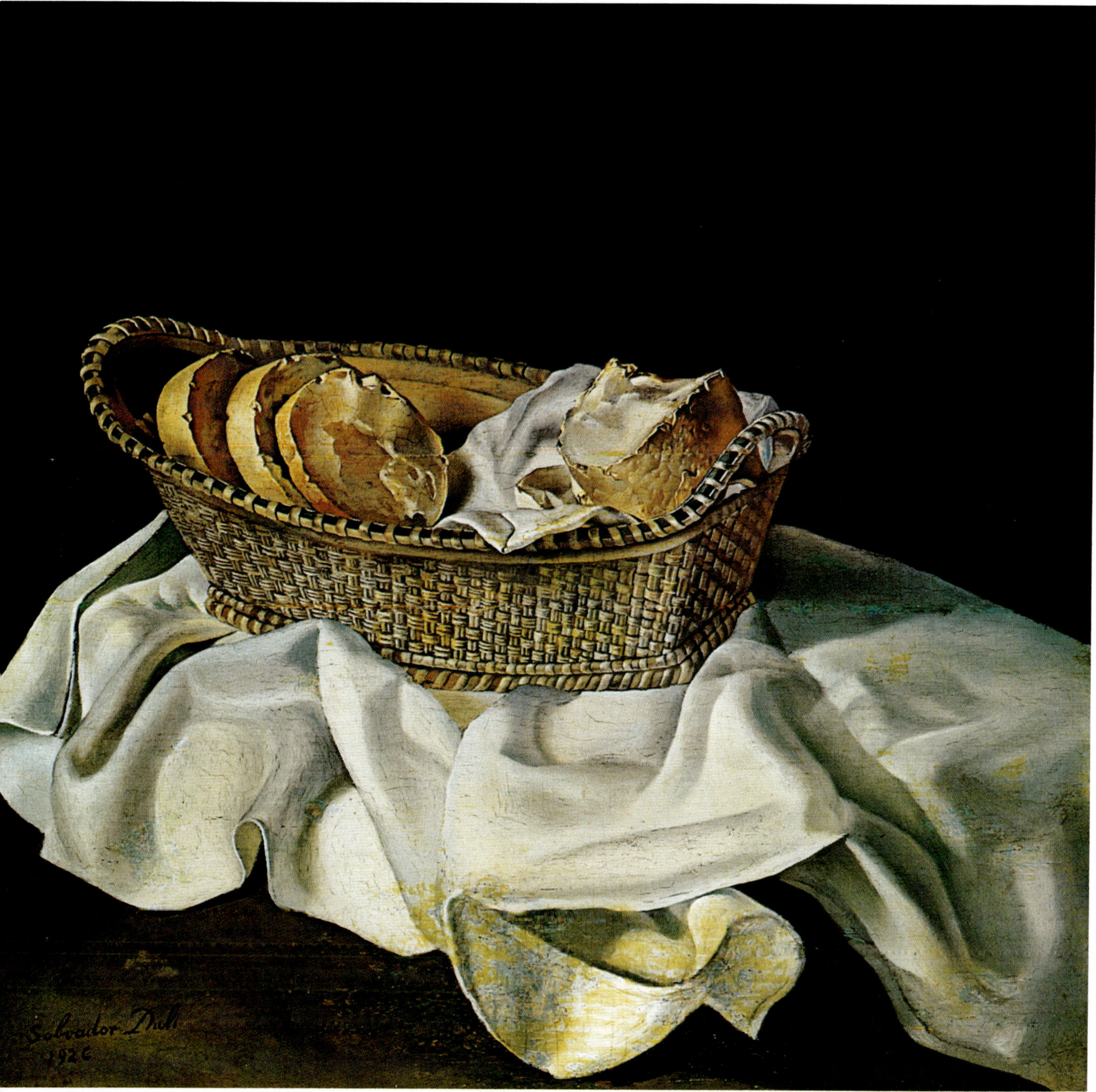

빵 광주리
LA CORBEILLE DE PAIN

〈등을 돌려 앉은 소녀〉에 이은 또 하나의
고전주의적인 사실 경향에 속하는 작품이다.
이 작품의 경우 22세의 젊은 청년 달리가
지닌 극명한 사실 기법 속에 형언키 어려운
무언가를 숨기고 있음은 어쩔 수 없는
달리의 신비로움이라 할 것이다.
　이미 반정부적인 생활이 심화된 그는
이 해 10월 그로 인해 국왕 알퐁소 XIII세의
서명에 의해 퇴학 처분을 받고 추방을
당하기에 이른다. 그러한 그는 그 전해에

이어 두번째 개인전을 바르셀로나의 달마우
화랑에서 갖는다. 이 그림은 그 개인전에
출품되었으며, 1928년 미국의
피츠버어그에서 열린 제 27회 카네기 국제
미술전에 〈등을 돌려 앉은 소녀〉와 함께
출품되어 미국과 달리가 갖게 되는 인연의
첫 동기가 된 것이다.

　1926년 板 油彩 31.5×31.5cm
　클리블란드 달리 미술관 소장

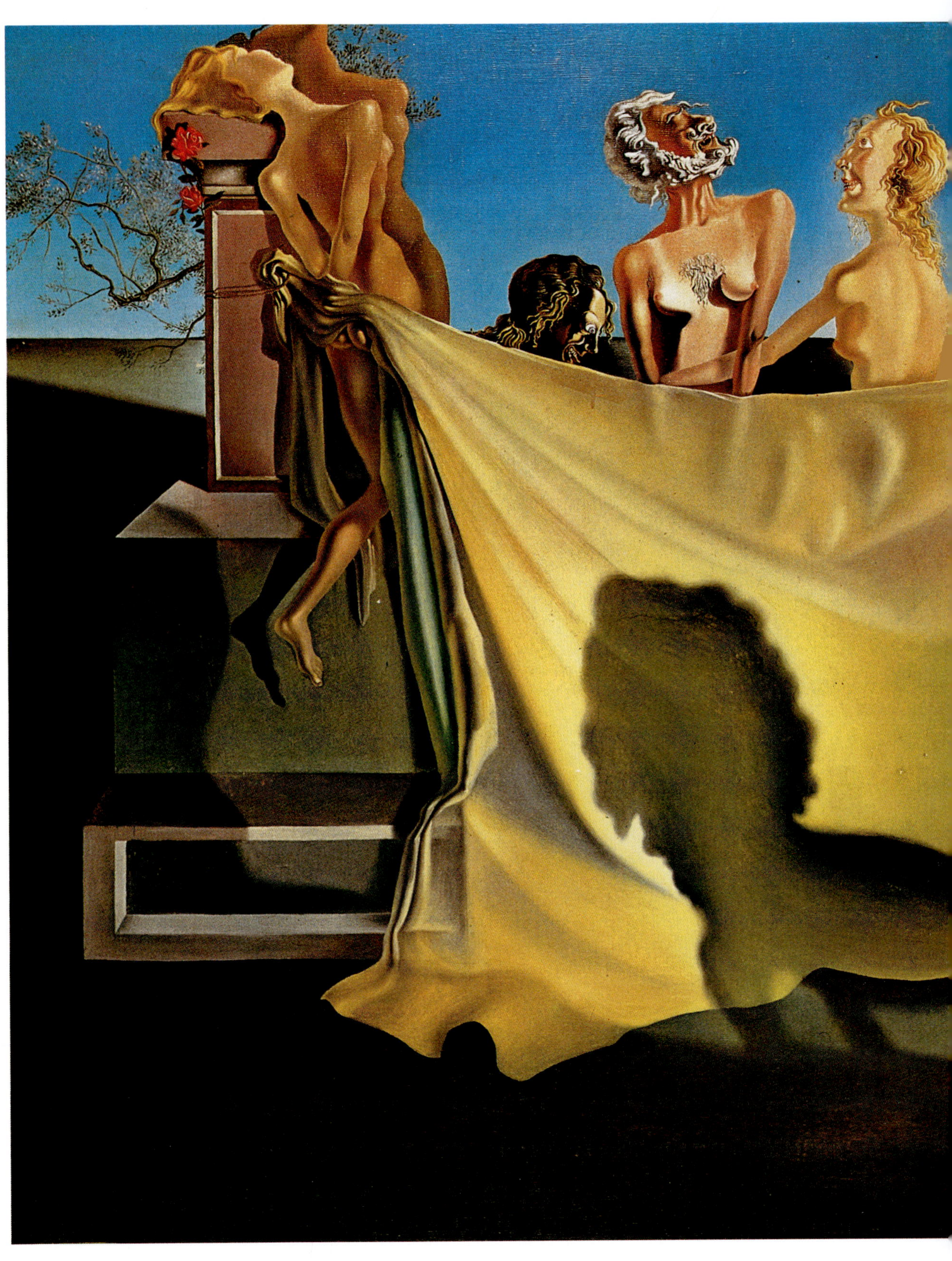

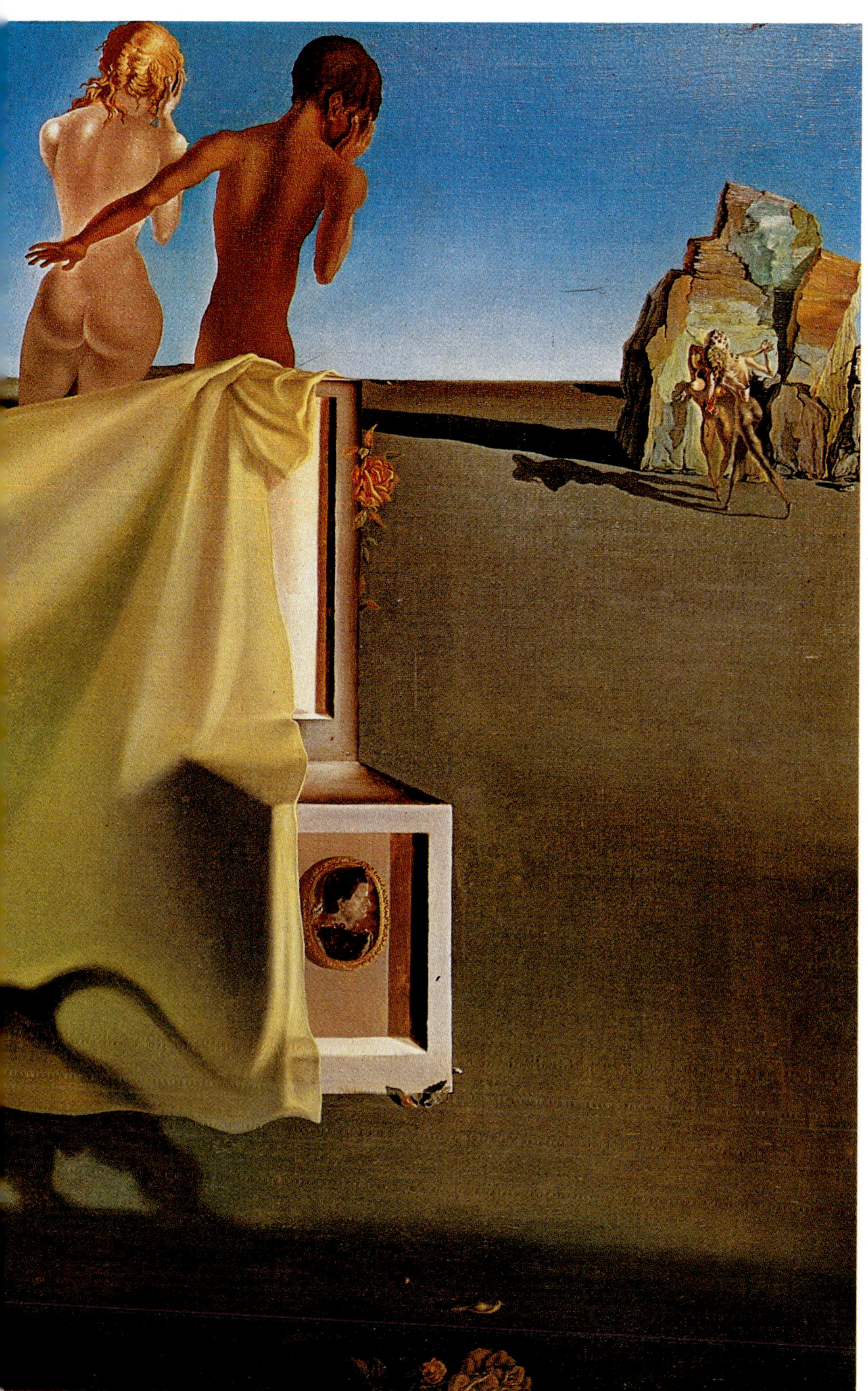

윌리엄 텔의 노년시절
LA VIEILLESSE DE GUILLAUME TELL

시막과 같은 벌판 위에 가설된 무대에
빛과 그림자들로 어떤 의식(儀式)과 같은
신비극이 무언 속에 이루어지고 있는 것 같다.
달리는 전설 속에 담긴 비극적인 영웅의
근친상간적 부자 관계를 이 그림을 통해서
파악하려는 듯하다.
「피카소와 아버지가 나의 윌리엄 텔인
것이다. 이 두 사람의 권위에 대해 나는
어릴적부터 끊임없는 저항을 계속해
왔다.」라는 달리의 말로 인해 다시금
생각케 하는 작품이다. 흰 천의 뒤쪽에 세 쌍의
남녀들이 상반신을 드러내 보이고 있는
가운데, 중앙부의 윌리엄 텔과 여자는
억압당한 애정의 극을 연출하고, 다른
남녀들은 하늘을 쳐다보거나 얼굴을 손으로
감싸고 있다. 천에 드리워진 사자의
그림자는 불안한 남성적 욕망을 암시한
것으로 보여진다.

1931년 캔버스 油彩 98×140cm
파리 개인 소장

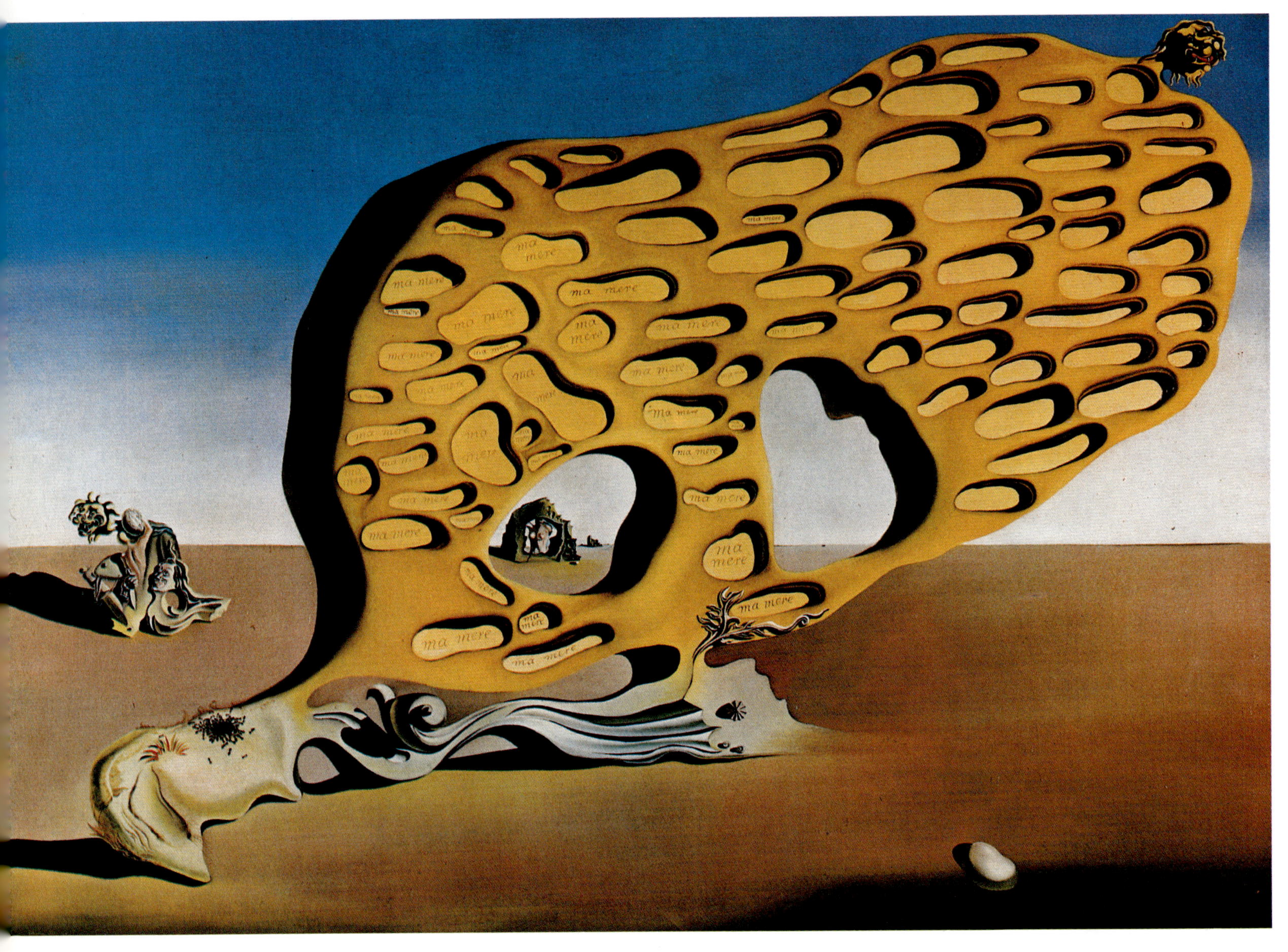

욕망의 수수께끼, 어머니, 어머니, 어머니
L'ÉNIGME DU DÉSIR, MA MÈRE, MA MÈRE, MA MÈRE

이 그림은 바로크적인 불규칙한 격동이 꿈틀대는 듯한 형태 속에
섬바위의 풍화된 암석 같은 모양과 환상의 건축가 안토니오 가우디적
형태의 영향 등을 감지케 한다.

왼쪽 아래쪽에 다소곳이 잠든 듯한 태아에 수염을 붙인 듯한 기묘한
생물, 그 위에 운집된 개미들과 그 왼쪽 저 멀리에는 사자, 메뚜기,
물고기, 칼을 쥔 손 그리고, 아버지를 부둥켜안은 달리 자신의 모습
등이 한데 어울려 덩어리를 이루고 있다. 수없이 뚫린 구멍 중 36개의
구멍 속에는 「나의 어머니」라는 단어가 써 있는데, 이것은 다다이스트인
트리스탄 차라가 발표한 어떤 시귀와도 깊은 관련을 지니고 있다고도
한다.

이 작품을 달리는 그의 작품 중 가장 중요한 작품의 하나로 손꼽고
있다.

1929년 캔버스 油彩 110×150cm
취리히 개인 소장

빛에 비쳐진 快樂
LES PLAISIRS ILLUMINES

달리 작품에서 나타나는 여인의 머리에 대한 이미지는 그의
상징주의적 성향에서 비롯된다.
　허공에 떠 있는 사자와 여자의 머리는 서로 마주보고 있어 달리와
갈라를 연상케 하고, 메뚜기와 피묻은 칼을 움켜 쥔 손 등은 자기 도취적
세계를 묘사한 그의 환상이다. 오른쪽 T.V 스크린처럼 보이는 상자 속에
자전거를 탄 많은 사람들이 머리에 얹은 하얀 덩어리들은 「욕망의
덩어리를 상징하는 아몬드 사탕」이다.
　레이놀즈 모오스가 파리에서 열린 달리의 첫 개인전에서 「이 작은
그림은 달리의 초현실적 작품 중 가장 복잡하며 비합리적이고,
프로이트적 잠재 의식의 최초이자 중요한 시각적 진술이다.」라고 지적한
것처럼 기념할 만한 작품에 속한다.

1929년 板 油彩 24×34.5cm
뉴욕 근대 미술관 소장

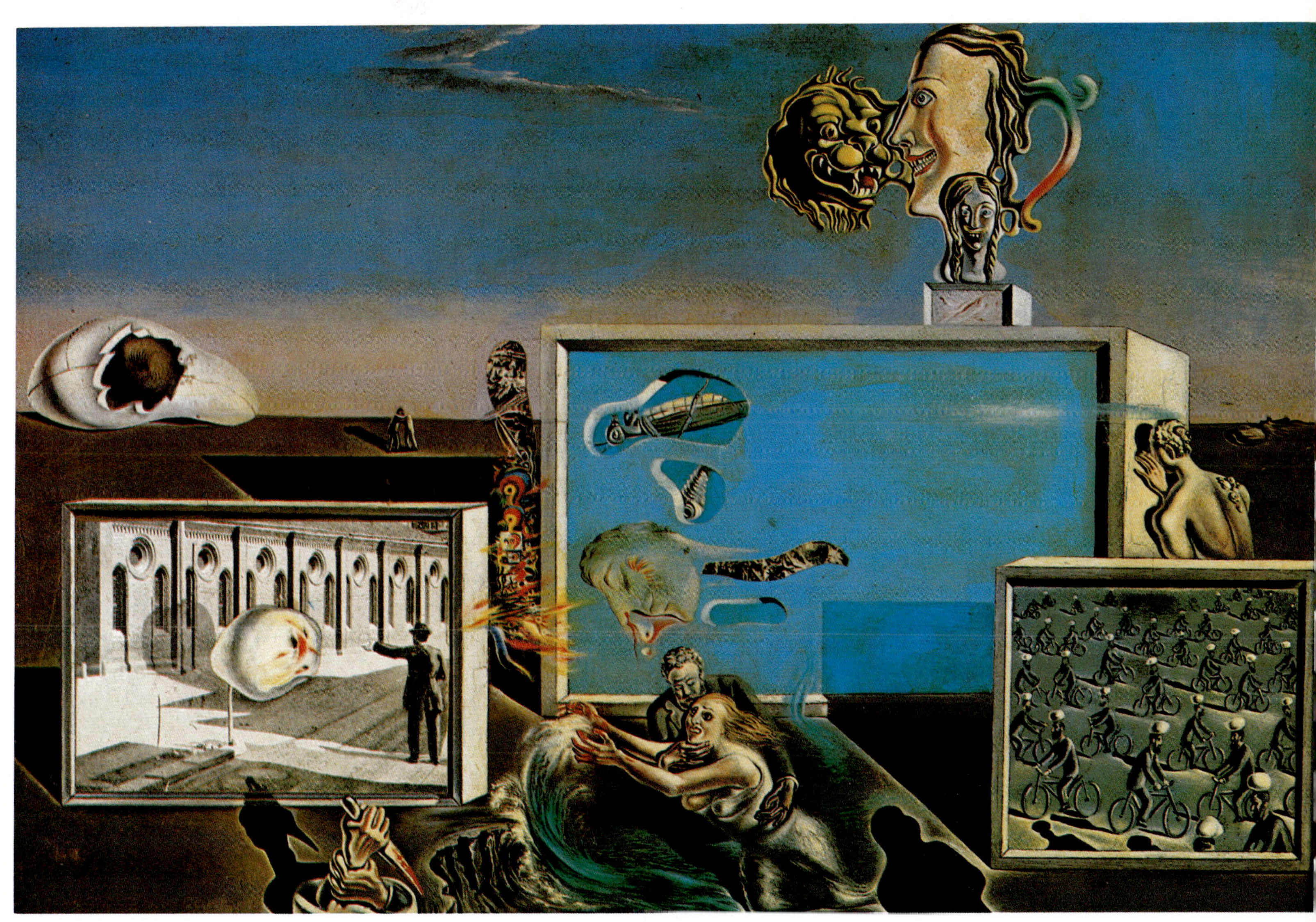

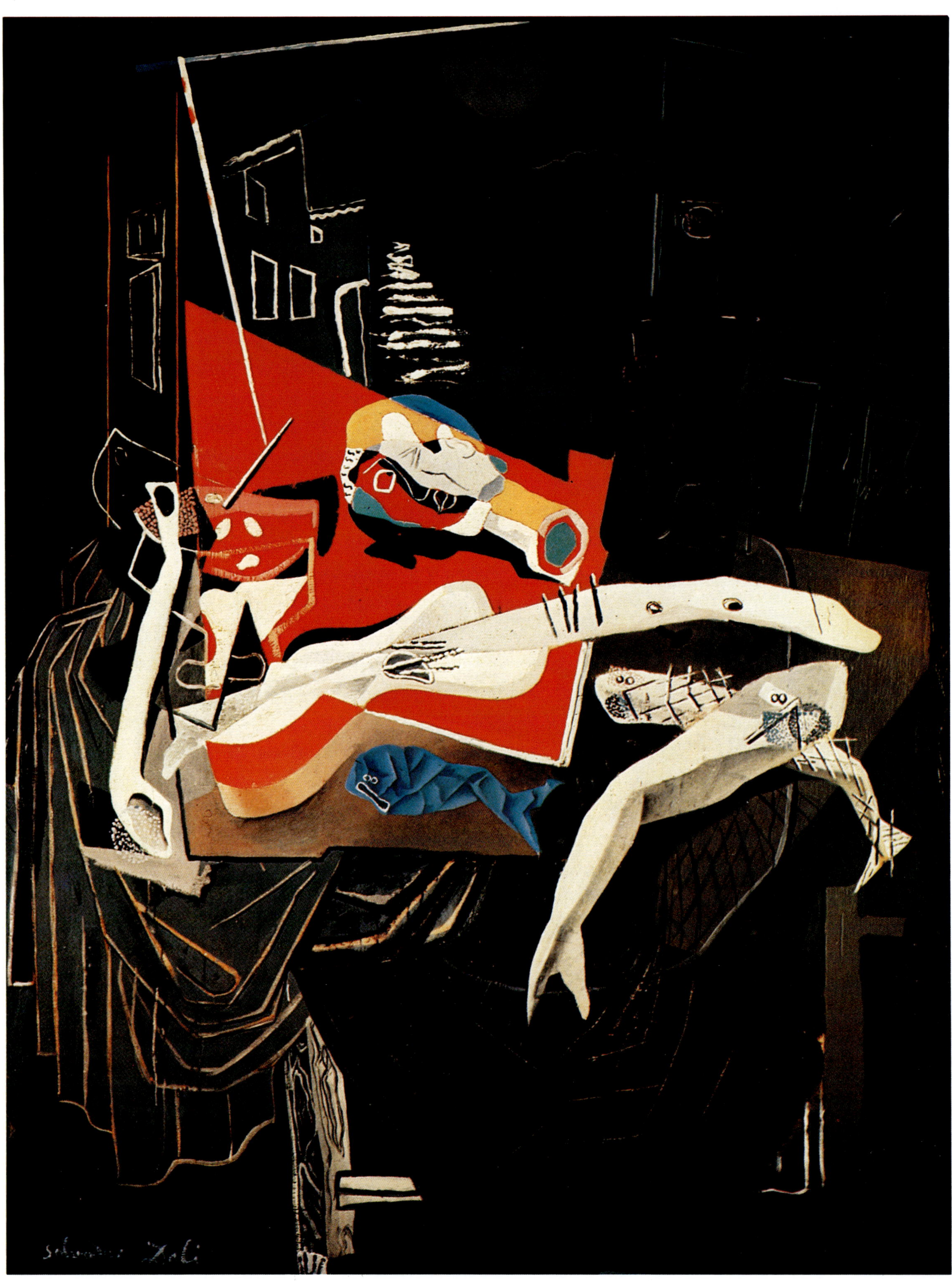

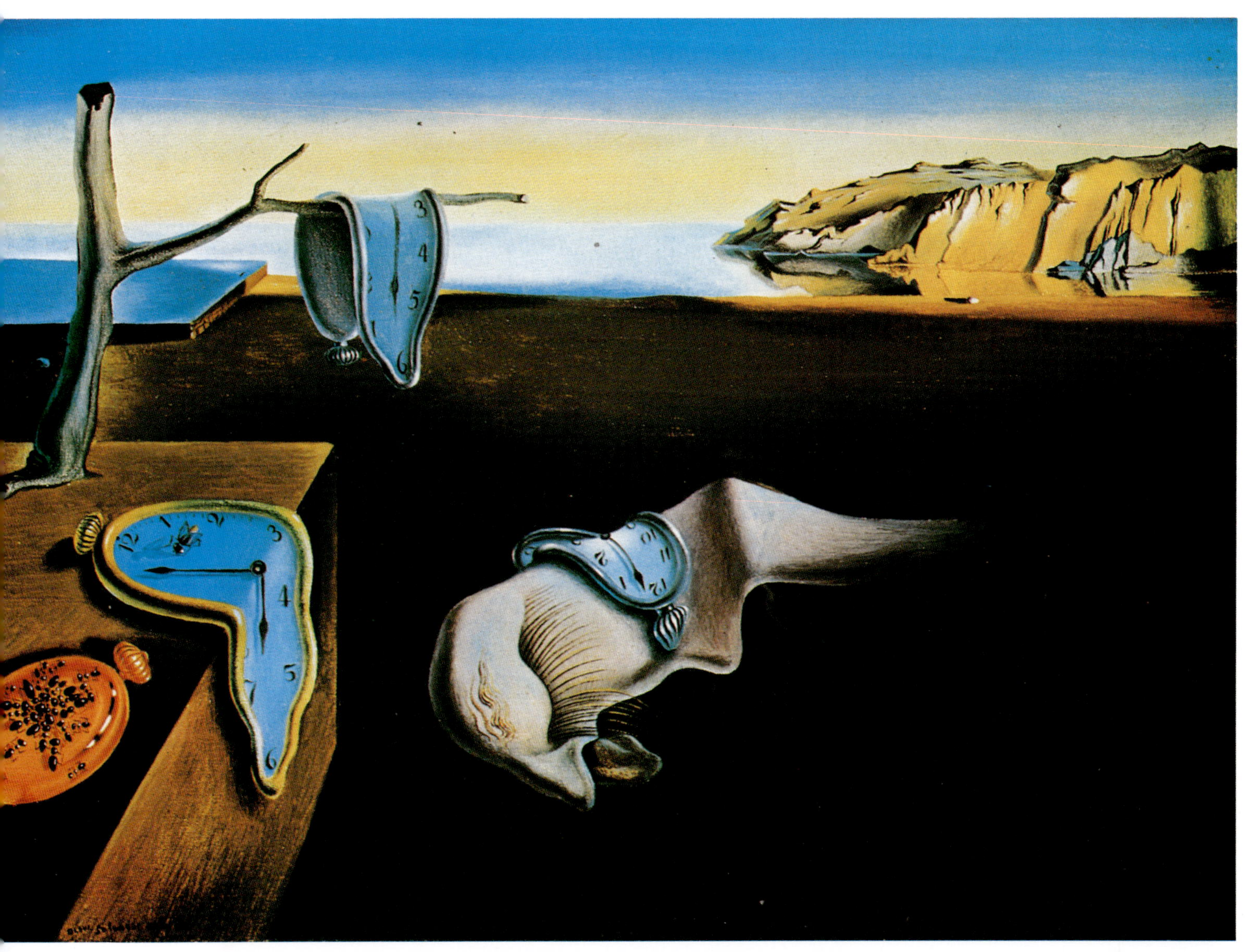

달빛 비친 정물
NATURE MORTE AU CLAIR DE LUNE

질은 어둠이 깔린 실내에 탁자가 놓이고
그 위에 달빛이 투사되어 유연한 선과
면으로 변형, 해체된 정물들이 밝고
선명하게 드러나 보인다.
　이 그림에 대해 달리는 「메마른 질감의
기타와는 상반되게 물고기처럼 부드럽고
끈적거리는 듯한 촉감의 기타를 그렸다.
이 그림은 피카소에서 직접 영향을 받고는
있지만 이미 나의 녹아 흐르듯 유연한
시계(〈기억의 永続〉에서)의 출현을
예고하고 있다.」라고 말하고 있다.
　탁자의 중심부는 붉은 바탕면을 깔고 적·
황·청·백으로 채색된 사람의 머리, 녹아
흐르듯 유연한 시계와도 같은 기타,
괴이한 모양의 물고기들이 탁자 위에
짜임새 있게 놓여져 있다.
　이와 같이 달리는 큐비즘적 경향을
취하면서도 자신 특유의 개성 때문에 여느
큐비스트들과는 다른 일면을 보인다.

1927년 캔버스 油彩 190×140cm
피게라스 달리 미술관 소장

기억의 永續
LA PERSISTANCE DE LA MÉMOIRE

사물의 부동성을 강조하고 거기에서 야기되는 환상적 측면을
표현하려 한 키리코의 정지된 듯한 풍경, 길게 드리워진 어두운
그림자에서 느끼는 외롭고 황당한 분위기 등에 영향을 받은 달리는
키리코보다 훨씬 더 섬세하고 사실적으로 그의 자극적인 내면 세계를
표출하였다.
　이 그림은 그의 작품 중 가장 널리 알려진 것으로서, 납작하고
부드럽게 축 늘어진 세 개의 시계와 또 하나의 시계에는 개미 떼가 달라
붙어 있다. 모서리에 걸친 시계에도 한 마리의 파리가 달라붙어 있으며,
멀리 섬바위들과 끝없이 펼쳐지는 바다 등이 우주의 모든 것이 정지된
것만 같은 적막감을 불러일으킨다. 비교적 많지 않은 종류의 소재들로서
그의 몽환적 세계를 충분히 반영한 달리의 대표적인 작품이라 할 수
있다.

1931년 캔버스 油彩 26.3×36.5cm
뉴욕 근대 미술관 소장

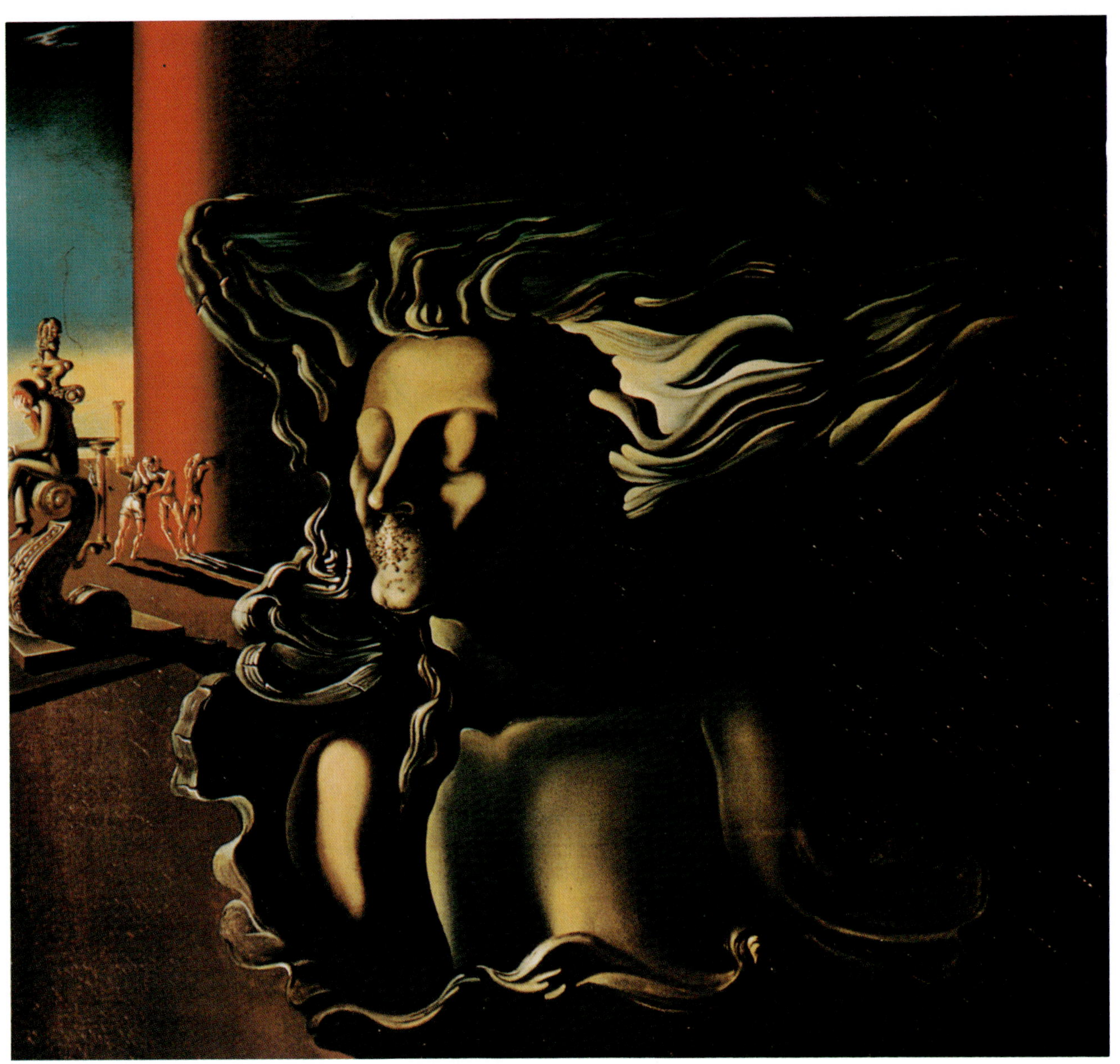

꿈
LE RÊVE

폴 엘뤼아르의 초상
PORTRAIT DE PAUL ELUARD

「어떠한 비합리적인 복잡한 양상의 꿈이라 할지라도 사람들은 그 꿈에 대해 이야기할 수 있다. 이 그림 속의 꿈은 바르셀로나에 있는 세라피 피탈라의 기념상에서 비롯되었다.」라고 달리는 이 작품의 영감에 대한 근원을 밝히고 있다. 그림의 전면에 보이는 녹색으로 된 커다란 흉상과, 마치 불꽃과도 같고 뱀이 꿈틀 거리는 것처럼 보이는 머리카락은 장식적인 모양으로 둘러싸여 있다. 차분히 내려감은 듯한 두 눈은 실제로는 녹여 없애 버렸으며, 더 자세히 살펴보면 입도 없으며 그 언저리에는 개미떼들만 우글거리고 있다. 그밖의 모든 요소들과 더불어 이것들은 무엇인가 상징적인 의미를 지니는 듯하며 통념의 차원을 초월한 비합리적인 꿈의 세계가 펼쳐지고 있음을 알 수 있다.

초현실주의의 3대 시인 중 한 사람인 폴 엘뤼아르의 초상이다. 달리는 이 작품을 통해 위대한 시인의 모든 것을 빠짐없이 표현하고 있다. 파리에서 한 번 만나본 적이 있는 폴 엘뤼아르의 부인 갈라(엘레나)에게 짙은 연민의 정을 느낀 달리는 이들 부부를 카다케스로 초대하였고, 그곳에서 달리와 갈라는 서로 가까와진다. 이들의 관계를 어쩔수 없는 숙명이라고 감지한 엘뤼아르는 이에 순응하고 돌아서고 만다. 이 작품에는 그러한 세 사람의 미묘한 관계가 숨겨져 있으며, 파리에서 개최된 달리의 개인전에 출품되기도 하였다. 한 묶음의 머리카락 위로 허공에 떠 있는 마치 기념비와 같은 이 초상은 붉은색의 물고기 모양을 한 인간의 머리, 숲의 풍경 등 여러 요소들이 특이한 형상으로 엮어진 응시하는 시인의 초상으로 달리적인 야심작이다.

1931년 캔버스 油彩 100×100cm
개인 소장

1929년 厚紙 油彩 33×25cm
피게라스 달리 미술관 소장

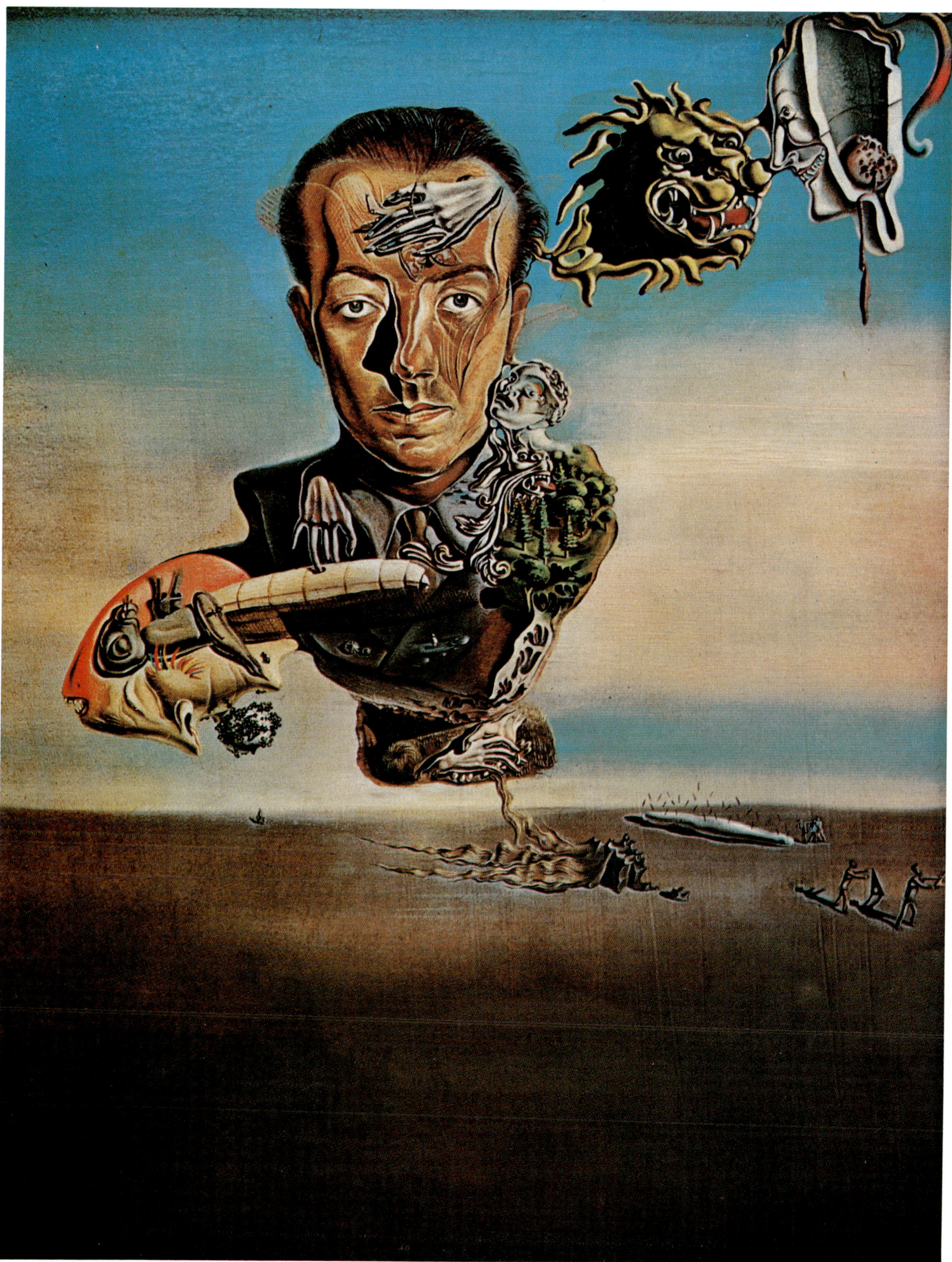

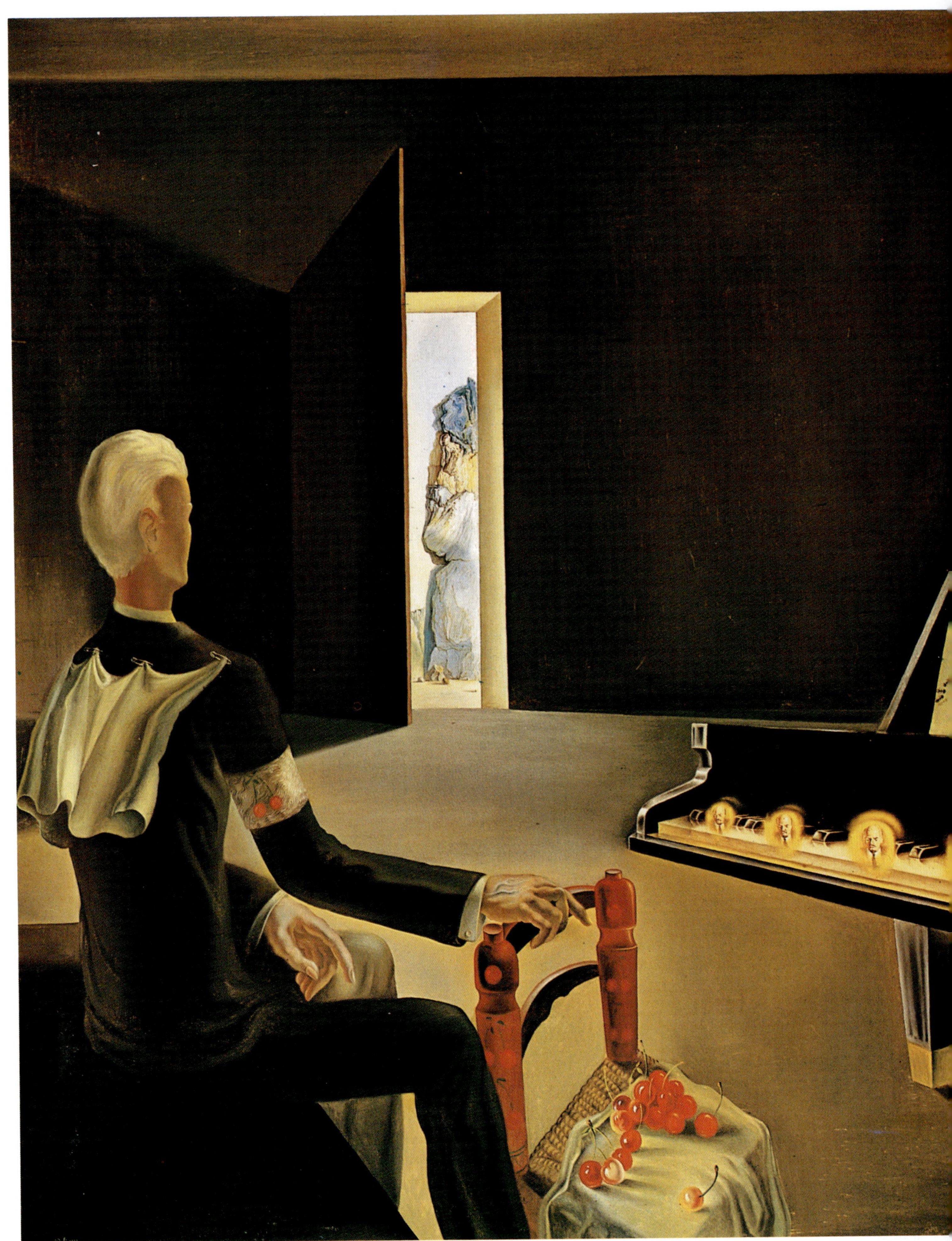

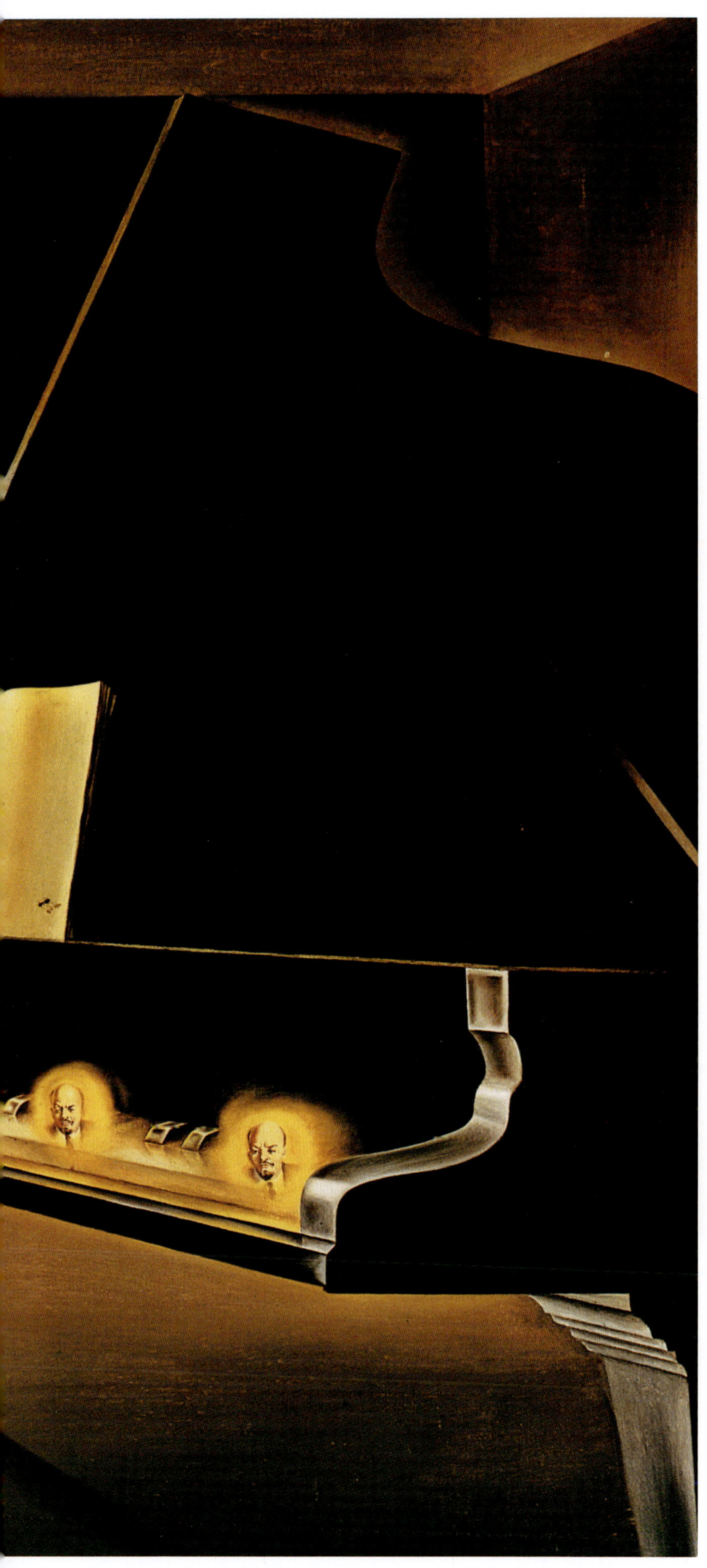

작곡 : 레닌의 **招魂**
COMPOSITION : EVOCATION
DE LENIN

  그랜드 피아노는
달리의 작품 속에 가끔
등장하고 있다. 피아노는
하프처럼 그의 작품
소재로서 잘 이용되는
것이지만, 이 그림에는
건반 위에 여섯 개의 레닌의
초상이 동그라미 속에 떠
오르고, 저음부로부터
고음부로 옮겨 갈수록
점차 동그라미 속의 얼굴이
확대되고 있다. 그리고,
성직자의 옷차림을 한
인물은 피아노 위의
악보를 응시하고 있다.
그 악보에는 개미
떼가 우글거리고 있다.
그런데 그 당시 초현실주의
운동과 공산주의의 관계가
미묘하여 결국 1932년에는
아라공 사건이 발생, 이
그림의 제작 동기에는
그와 같은 무엇인가가
작용되었던 것이 아닌가
여겨진다. 또한 이 그림은
1960년 소련의 어느
신문에「레닌은
음악광이었으므로 피아노
건반 위에 그려진 것」이라는
해설 기사가 게재되어
달리를 즐겁게 했다고도 한다.

1931년 캔버스 油彩 114×146cm
파리 국립 근대 미술관 소장

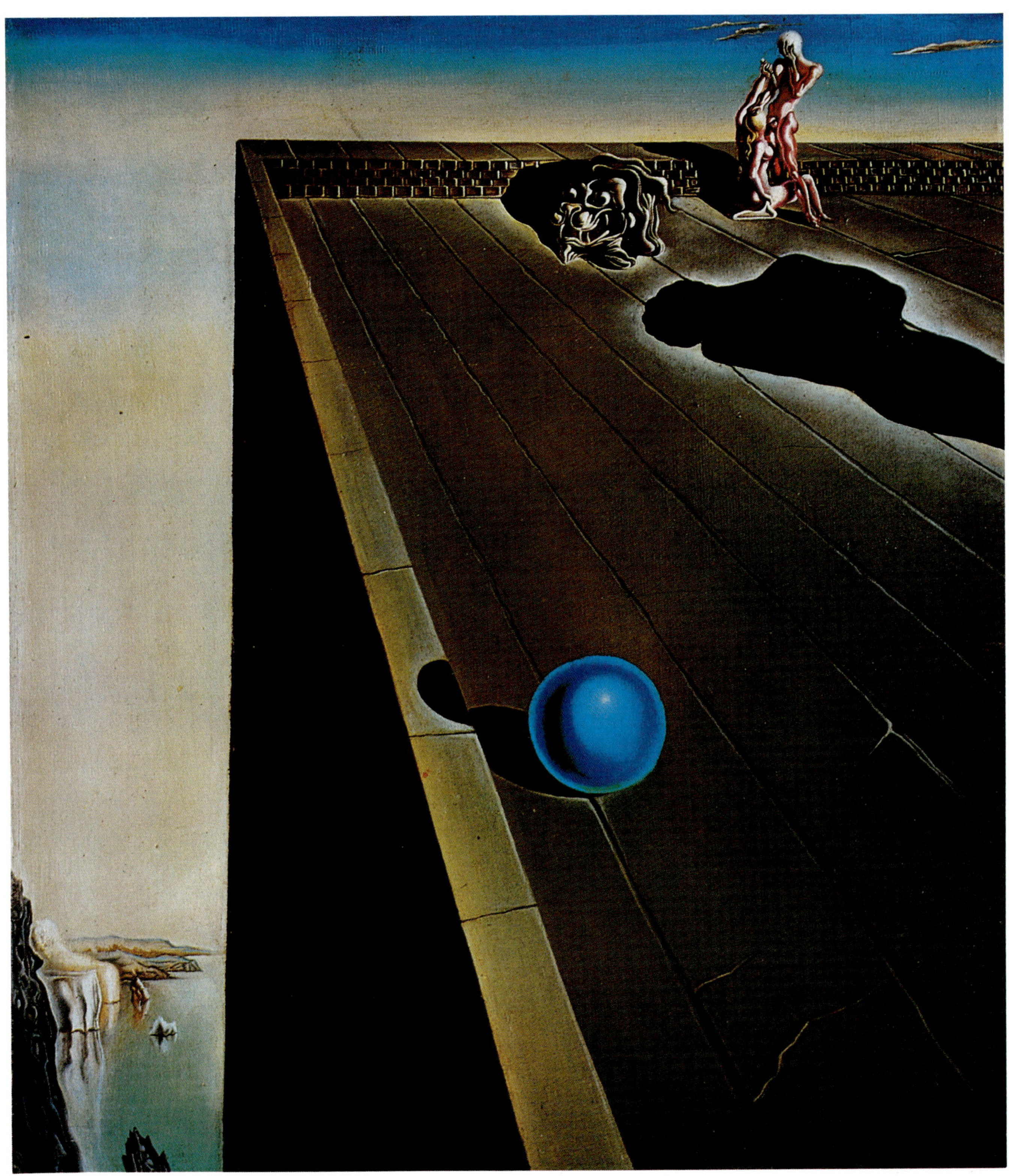

현기증
VERTIGE

　높은 빌딩의 옥상과 같은 느낌을 갖도록
바닥면의 원근이 과장되어 있다. 그리고
그 저쪽에는 사자와 같은 머리가 놓이고
그 오른쪽에는 남녀가 불가사의한 행위를
하고 있다. 얼굴의 윤곽이 자세히
묘사되지는 않았지만 남자는 예리한 칼로
몸통이 잘리어진 것 같으며, 이들의 모습은
마치 잔인한 에로스의 침묵극과 같은
느낌을 준다. 그리고 푸른 공, 인체를

연상케 하는 이상할이만큼 길게 늘어진
또다른 사람의 그림자가 드리워져 있다.
달리가 설정한 빛과 그림자를 포함한 넓은
바닥 공간 등은 키리코에게서 영향을 받고
있음을 시사해 준다. 화면의 왼쪽 아래에
내려다보이는 잔잔한 바다와 맞닿은 곳이
높은 광장과 대조를 이루게 하여, 구도상
고저감과 외롭고 단절된 거리감을 더욱
강조해 주고 있다.

1930년 캔버스 油彩 60×50cm
로마 개인 소장

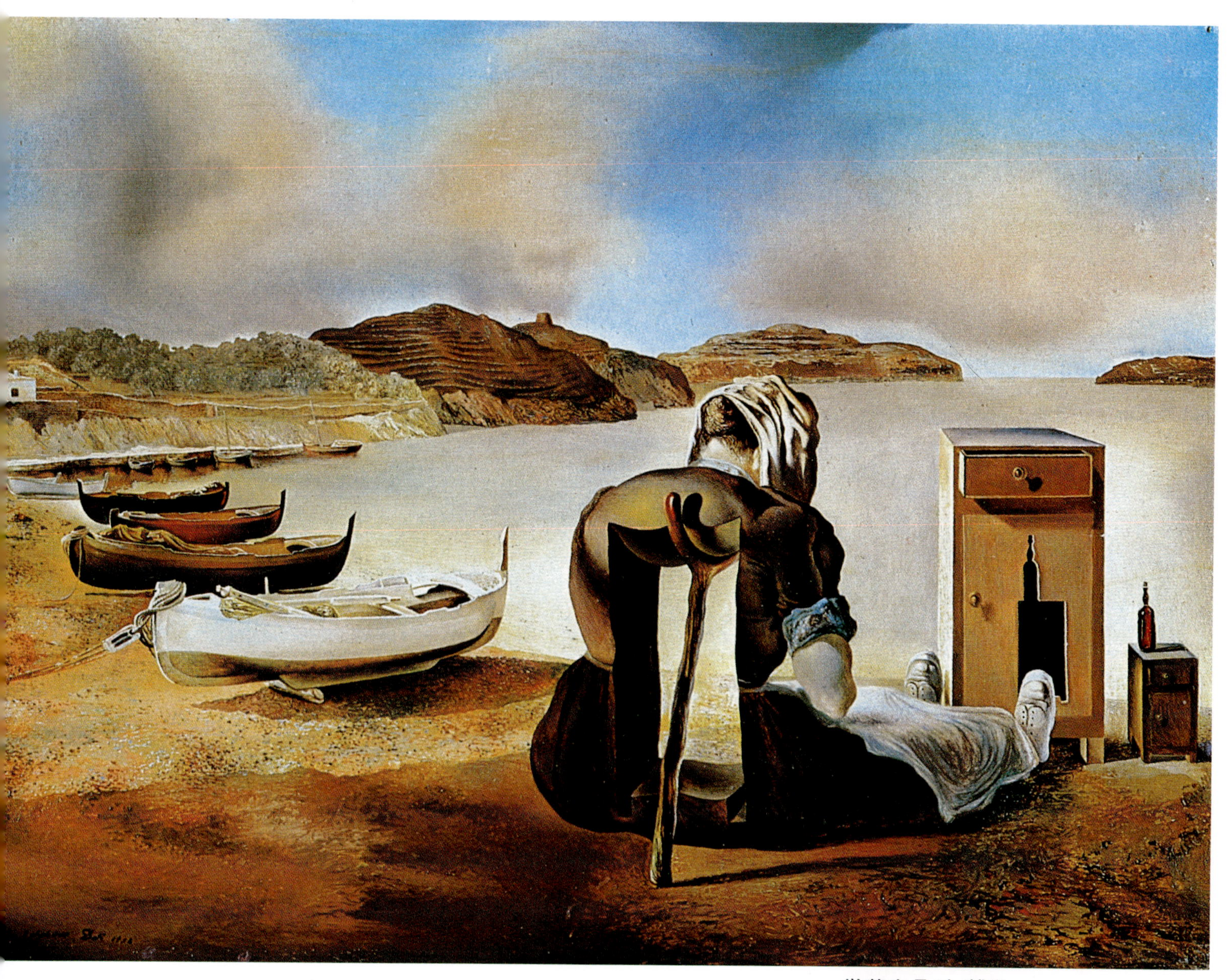

営養家具의 離乳
LE SEVRAGE DU MEUBLE-ALIMENT

고전적인 극사실의 묘법으로
리가트 항(港)의 풍경을 그리고 있다. 그는
그의 유년시절 그의 초현실적 영감을
자극하였던 이 항구를 자주 작품의 소재로
취하고 있다. 그 의 고향에서 멀기 않은
이곳은 작열하는 태양 아래 섬바위 사이로
거센 바닷물이 넘치는, 그에게 있어서는
보금자리와도 같은 곳이다. 여인의
젖가슴처럼 중첩된 산들이나 배들이 매인
해변, 바람 한 점 없는 듯이 잔잔한 바다,
그리고 그곳을 향해 주저앉은 여인의
등에는 마치 터널처럼 구멍이 뚫려 있다.
그리고 지팡이가 그것을 받치고 있다.
「벽을 투시할 수 있는 시선은 현실여
육체에서도 투명한 공간을 만든다. 만약 이
공간이 여자의 등에 뚫렸을 때는 마법처럼
그곳에는 〈営養家具의 離乳〉가 형성되어
진다.」고 달리는 말한다.

1934년 板 油彩 17.8×24cm
클리블란드 날리 미술관 소장

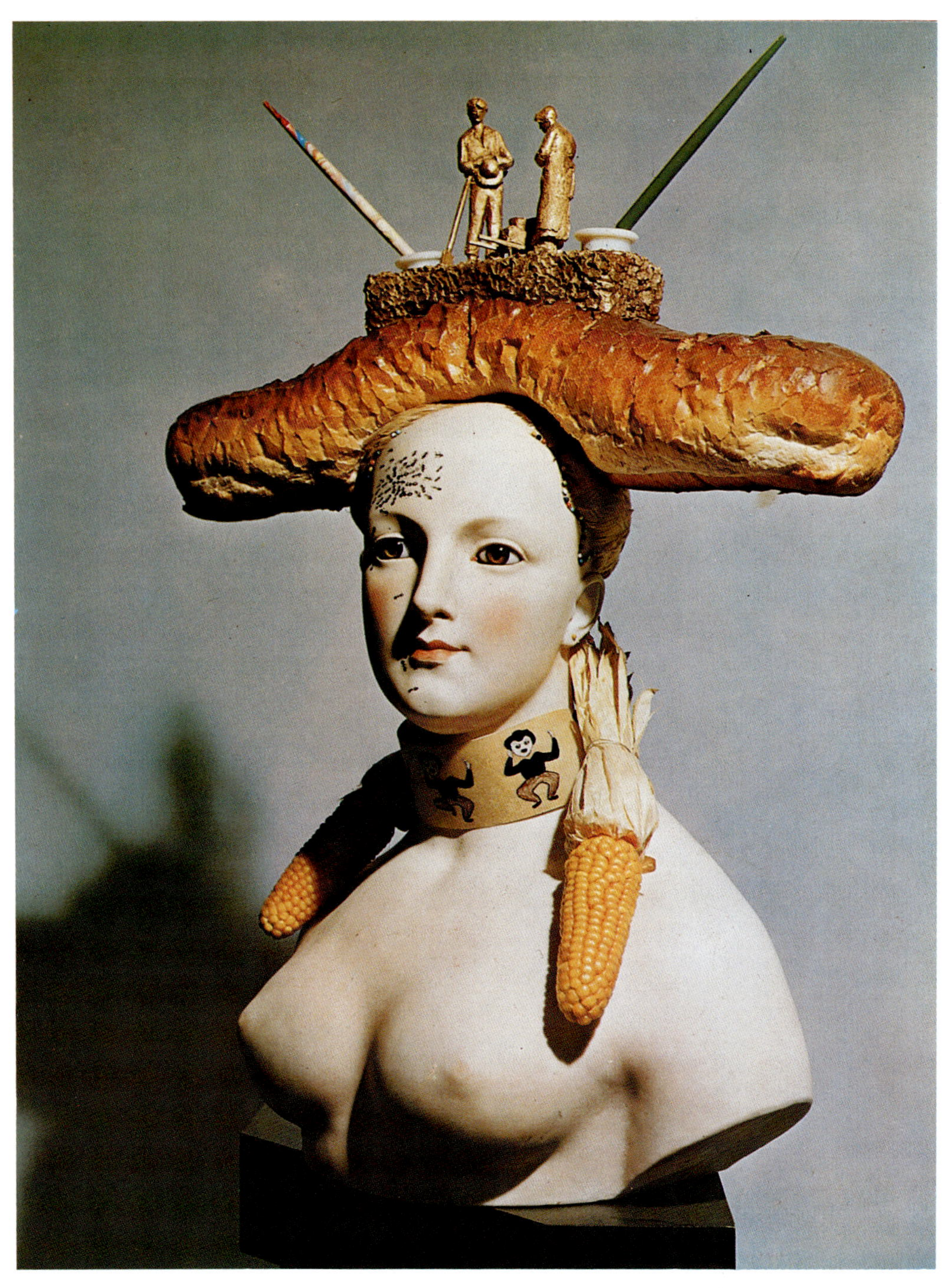

回想의 여자 흉상
BUSTE DE FEMME RÉTROSPECTIF

「처음 실용적 물질이던 것을 비실용적이며
미적 형질로 바꾸어 놓으려 했다. 즉 나는
빵으로써 초현실적 오브제로 삼고자 했던
것이다. 빵은 시간이 흐름에 따라 점차
메마르고 부패되어 더 할 나위없이 볼품
없는 것이 되고 말았다. 나는 그것이 퍽
아름답게 보였다.」라고 달리는 통념의
인식으로서는 도저히 이해할 수 없는 말을
하고 있다. 초현실주의 전람회와 살롱 드
쉬르 앙데팡당전에 출품된 이 작품은
피카소가 그 전시장에 데리고 왔던 개가
뛰어들어 그 빵을 삼켜 버렸다는 일화를
지닌 작품이기도 하다. 그런 연유로 그후
이 작품은 1970년 원래의 흉상에다가
밀레의 〈만종〉 속의 두 인물을 조그맣게
소조하여 올려 놓고 잉크병을 첨가하여
거의 원형대로 재현하였다.

1933년 磁器·옥수수·스트로폴厚紙 목장식
(빵·잉크병은 1970년 재구성), 油彩로
그린 개미 54×45×35cm
벨기에 넬란 콜렉션 소장

두개골로 된 하프를 젖짜듯하는
평범한 대머리 官僚
BUREAUCRATE MOYEN ATMOSPHERICOCÉPHALE
EN TRAIN DE TRAIR UNE HARPE CRÂNIENNE

달리는 비합리적인 편집광적 해석,
때로는 비합리성이 조형 세계를 지배하기에
자연의 사물에서 엉뚱한 이미지를 발견하고
바로 작품에 옮기는 경우가 많다.
불가사의한 형태나 이미지에서 달리
특유의 형태학을 촉발하곤 하는 것이다.
이상할이만큼 뒷통수가 튀어나온 대머리의
관료가 짜고 있는 것은 아무런 반응조차
없는 뒤틀린 두개골 모양의 하프를 그린
것이다. 두개골을 받치고 있는 지팡이는
달리가 어릴적 어둑한 헛간에서 본 적이
있는 것이었고, 그가 그 지팡이를 그리게 된
것은 부드러운 모양의 둥근 물체를
안정되게 받치는 단단한 물체이기
때문이리라 짐작된다. 또한 그는 이 그림에서
의도적으로 음영을 설정하고 있다. 이로써
그는 음영의 법칙을 무시한 전혀 자신의
의도에 의존하고 있음을 발견할 수 있다.

1934년 캔버스 油彩 22×16cm
클리블란드 달리 미술관 소장

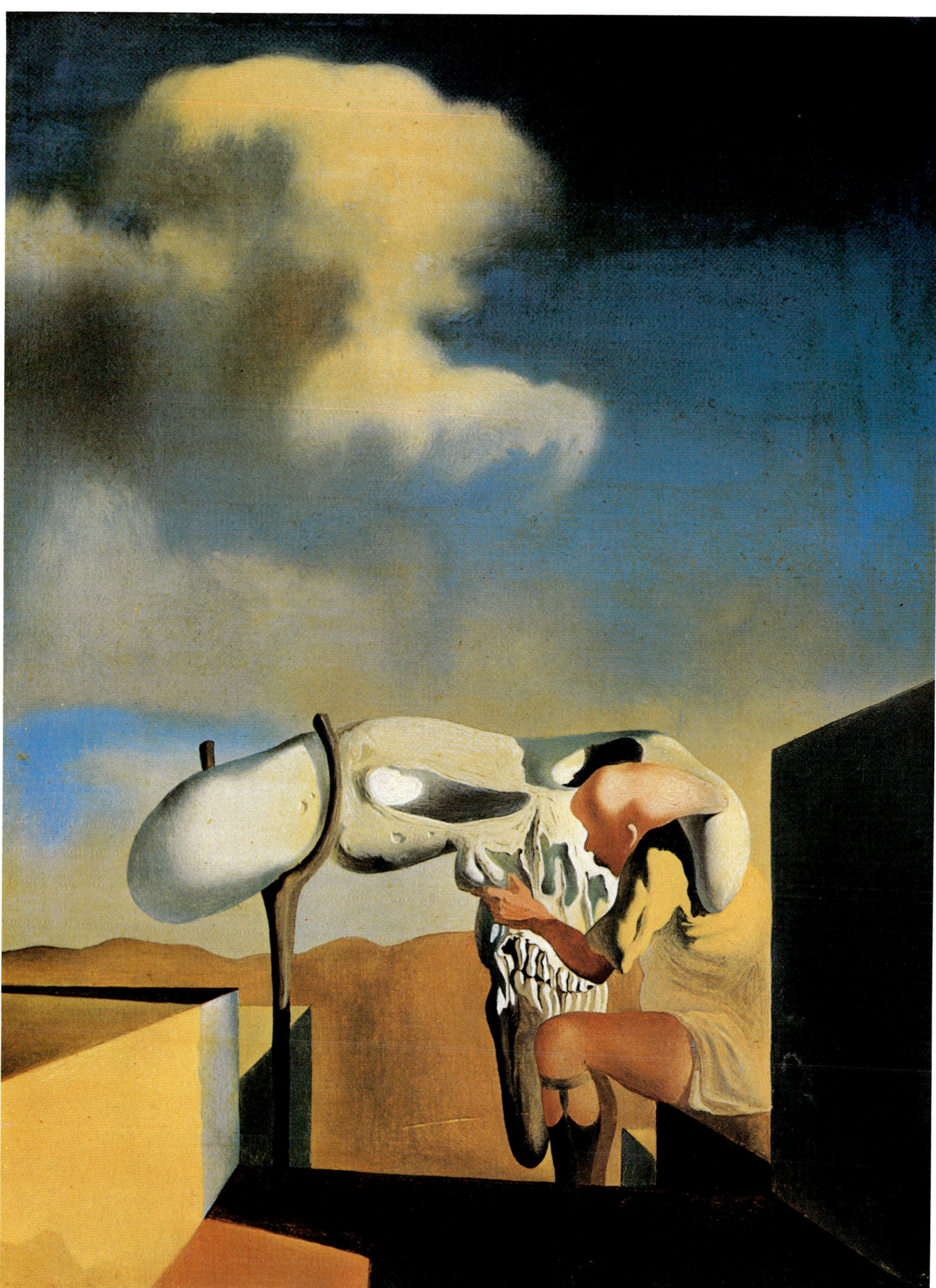

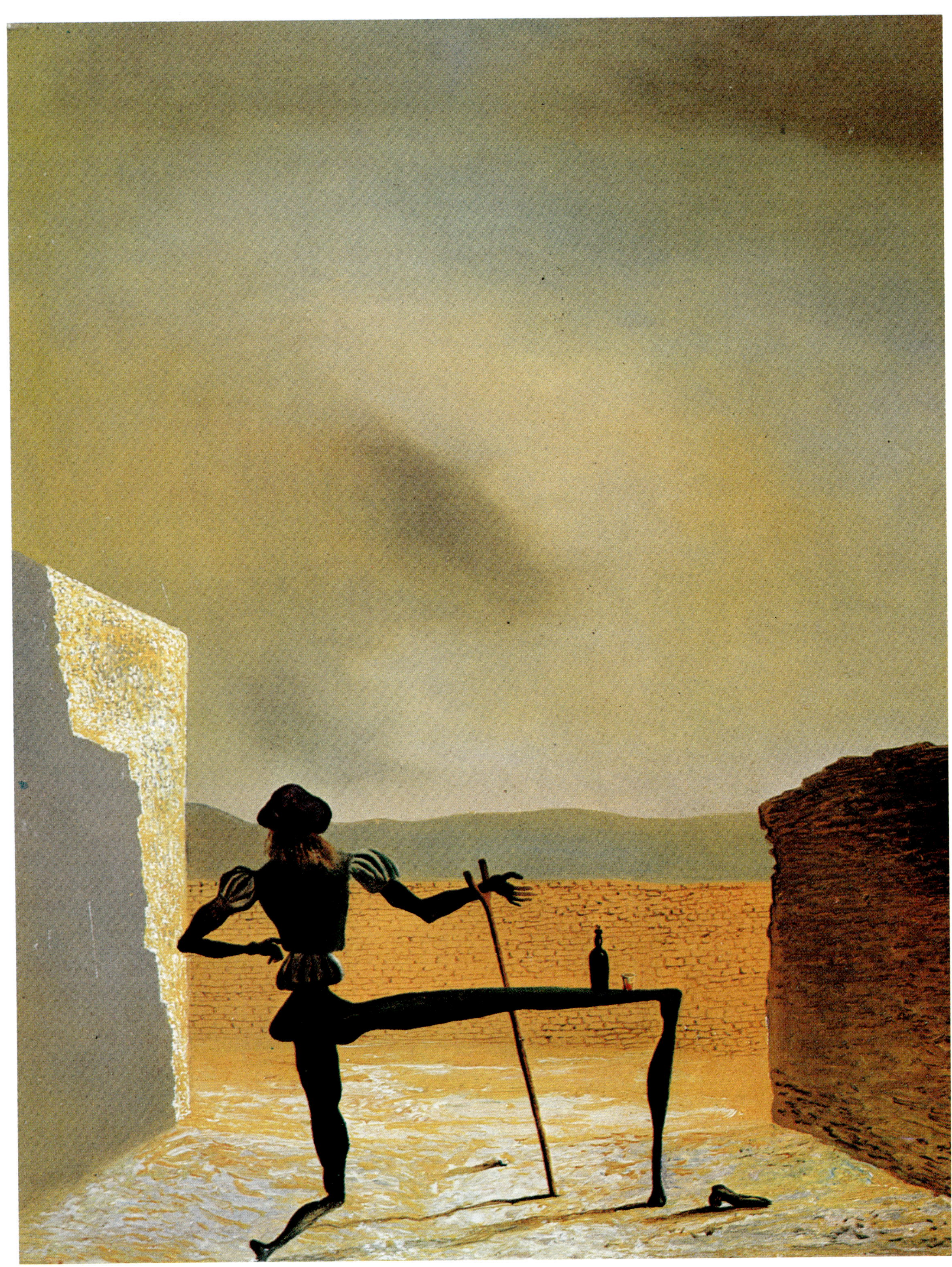

테이블로 사용되는 베르메르의 亡靈
SPECTRE DE VERMEER DE DELFT POUVANT
SERVIR DE TABLE

이 작품에선 17세기의 화가 베르메르의
이름을 그대로 빌어 명제로서 사용하고
있다. 왼쪽과 오른쪽에는 벽돌 담장이
되어 있고, 베르메르의 망령의 오른쪽
다리가 길게 뻗어져 있어 그 위에 포도주
병과 컵이 놓여 있다. 그리고 발목을 잘라
우뚝 세운 것은 마치 테이블과 같은 인상을
준다. 달리는 이에 대해 다음과 같이
서술하고 있다. 「이것은 지금까지도 그
이유를 모르겠다. 여느 짧은 순간의 영감을
그대로 옮겼을 뿐이다. 리가트 항의 묘지로
통하는 길 한가운데서 나는 베르메르를
보았다. 그 후에 나타난 떠도는 무소
(코뿔소)의 출현을 예고라도
하는 것처럼 그의 발과 발목은 떨어져
있다.」 이는 그럴듯한 달리적인 꿈이며,
동시에 달리가 1920년대에 베르메르에
심취하였음을 시사해 주는 것이기도 하다.

1934년 板 油彩 18×14cm
클리블란드 달리 미술관 소장

性的 매력의 망령:리비도이 망령
SPECTRE DU SEX-APPEAL

1930년경 달리는 이른바 편집광 환자의
환각 증상을 그의 회화 속에 끌어들이게 된다.
이는 과대망상벽의 일종으로 리비도
(Libido)적 대상 충동이 자아 속으로
몰입됨으로써 비로소 새로운 자아가
확립되는, 극히 직접적이며 원시적인
유아(幼児) 형으로 되돌아가는 2차적
나르시즘(자기 도취)인 것이다. 그러한
충동에서 비롯된 이 그림은 여섯 살의
꼬마소년 달리가 쓸쓸하기 이를 데 없는
바위산으로 에워싸인 해변, 그곳에 석양이
찾아든 가운데 두 개의 지팡이에 의지된
처참한 모습의 여자에게 경이로운 눈길을
보내고 있는 것처럼 보인다. 또 한가지
눈에 띄는 점은 그만의 독특한
미니어처 기법을 이처럼 작은 화면을
통해 적절히 구사하고 있다는 점이다.

1934년 板 油彩 17×13.3cm
피게라스 달리 미술관 소장

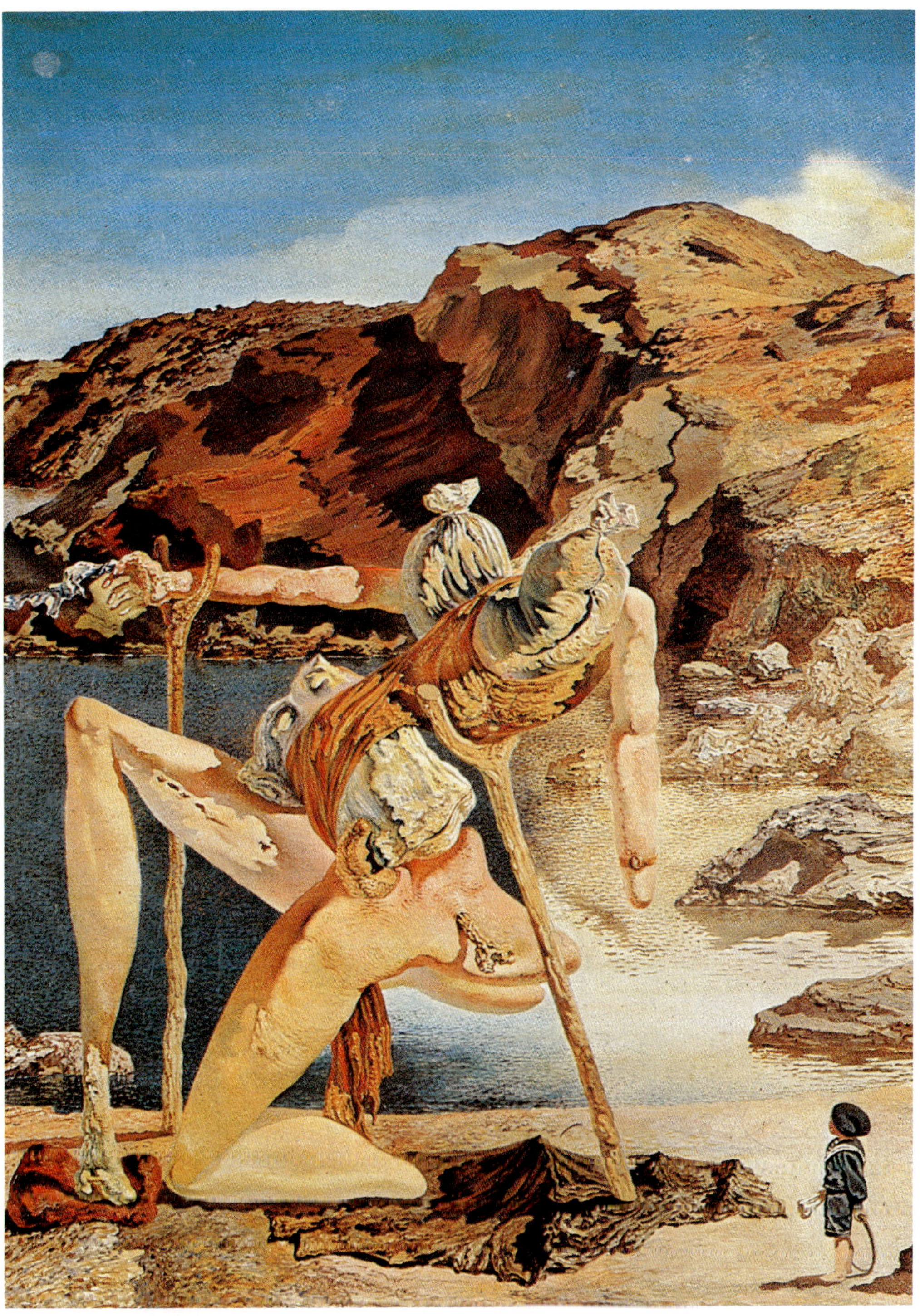

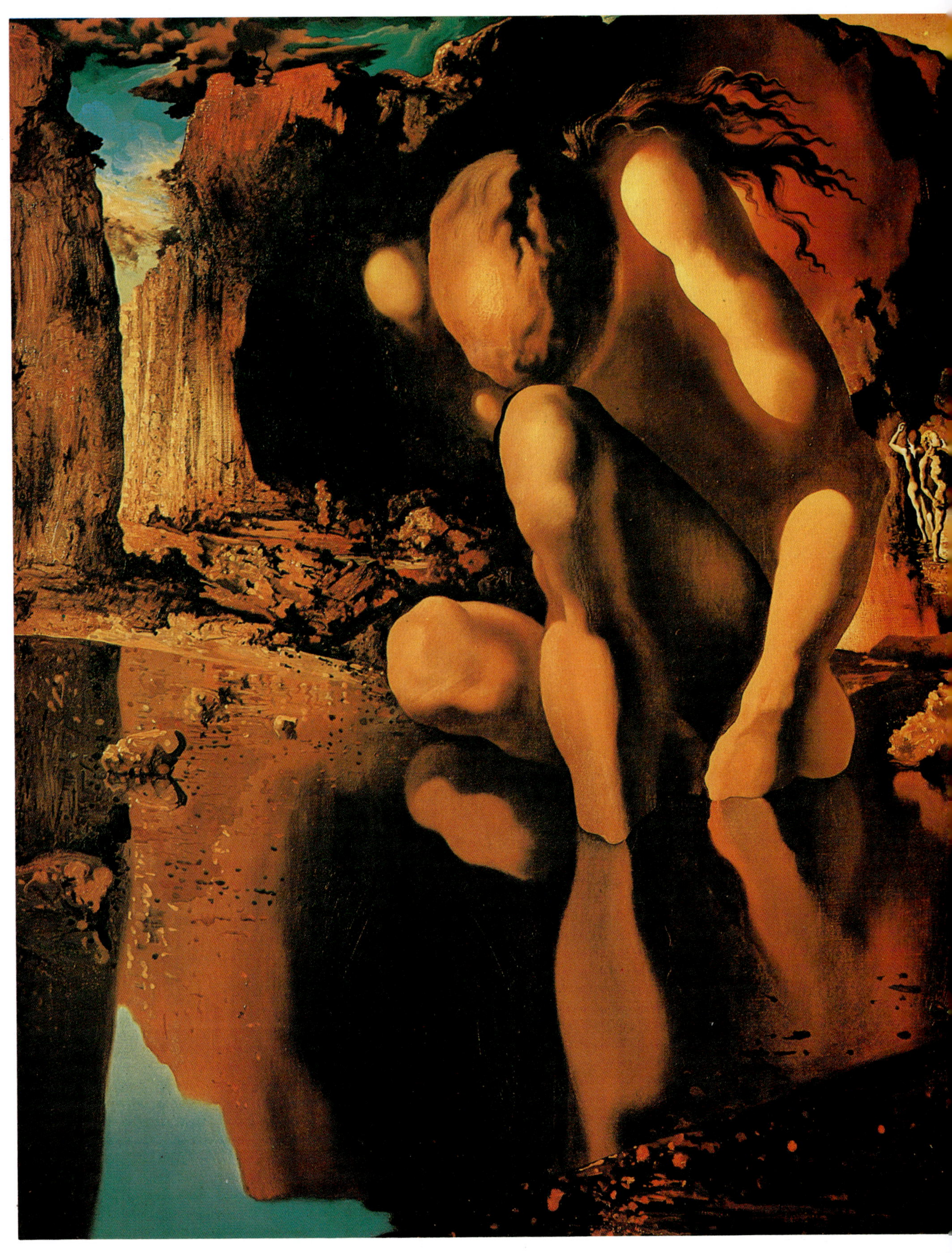

나르시스의 변모
MÉTAMORPHOSE DE NARCISSE

고대 그리스의 신화 나르시스의
이야기를 주제로 한 이 작품은 인간의
성적인 문제를 묘사한 작품이다.

1938년 7월 런던에서 프로이트를 방문하여
이 작품을 보이고 설명을 했다고 한다.
이 그림은 나르시스의 신화를 교훈적으로
묘사하고 있으며 별다른 의미를 지니지
않는 붉은 선혈과 같은 색채, 황량한
바위산과 더불어 어두운 구름이 하늘을

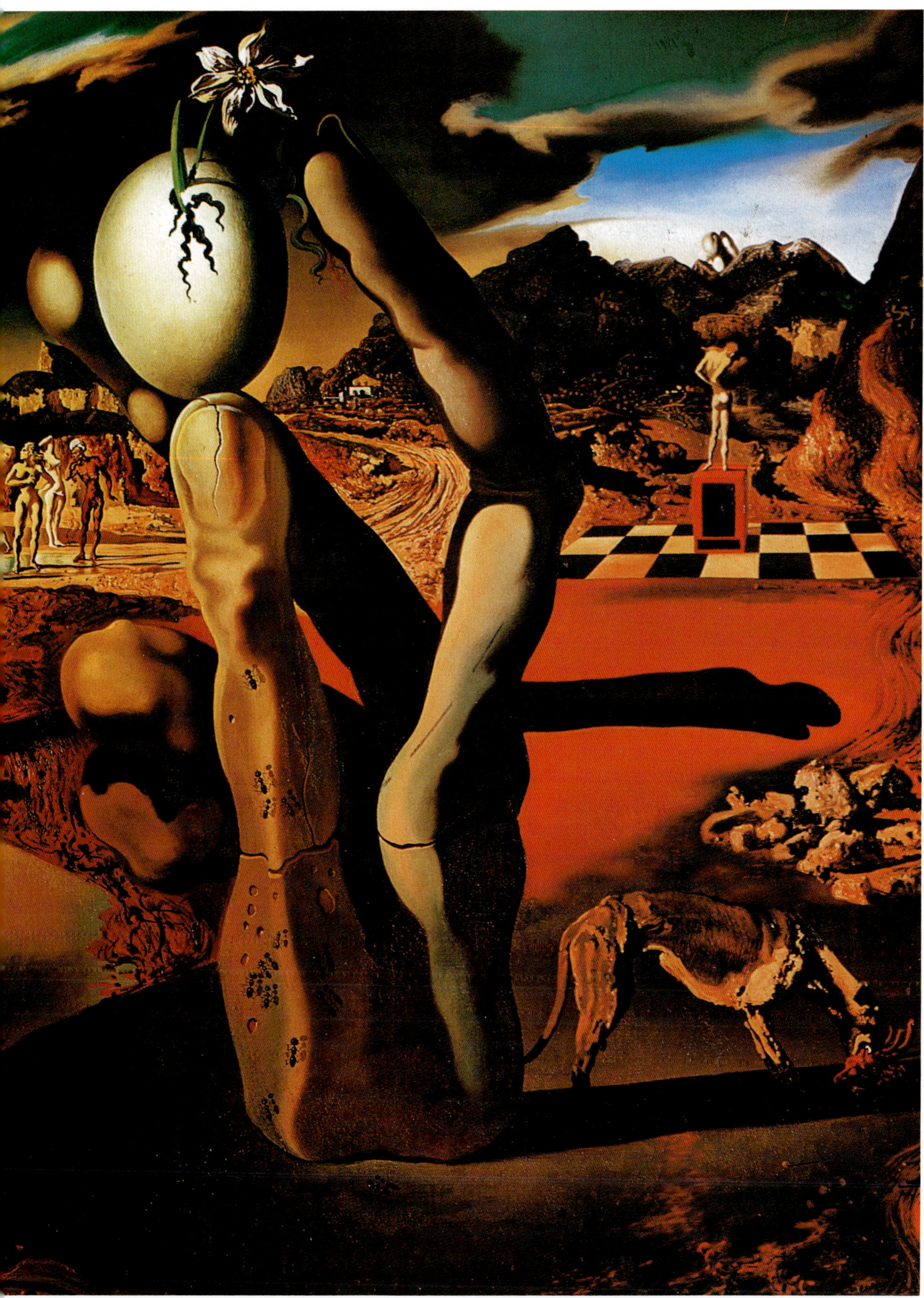

뒤덮은 암울한 분위기를 담고 있다. 잔잔한
바닷가에 그림자를 신비롭게 영상화하여
놓은 것과, 손가락으로 보여지는 것,
구부려 고개 숙인 고뇌어린 인간의
모습 등으로 「더블 이미지」의 표현기법이
시도된, 그야말로 나르시스적인 세계를
묘사한 환상적인 작품이다. 구부려 앉은
나르시스와 죽음의 손가락 위에 올려진
알에서 껍질을 깨고 피어 오른 한 송이의
꽃이 인상적이다.
1936~7년 캔버스 油彩 50.8×76.2cm
런던 테이트 갤러리 소장

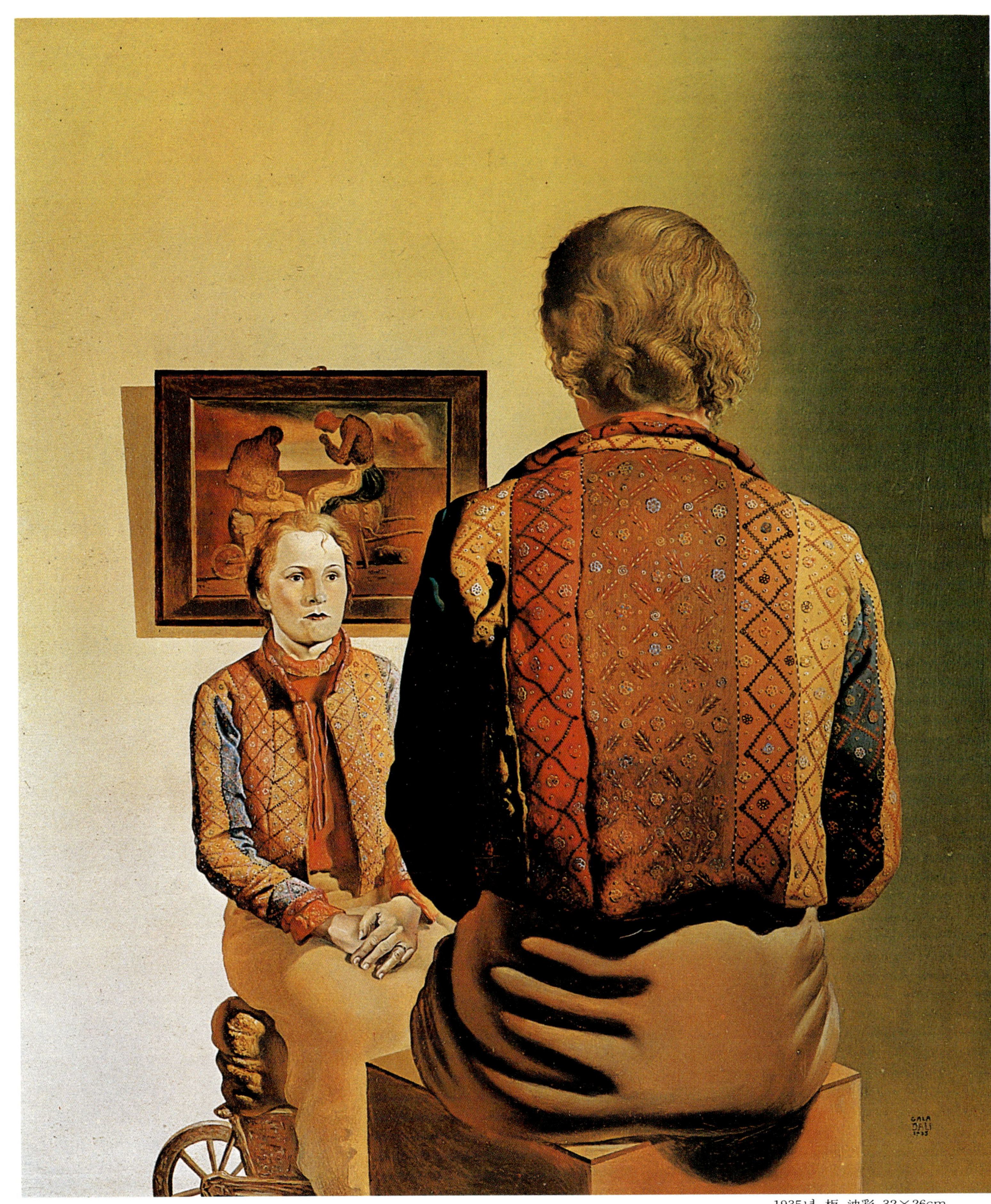

1935년 板 油彩 32×26cm
뉴욕 근대 미술관 소장

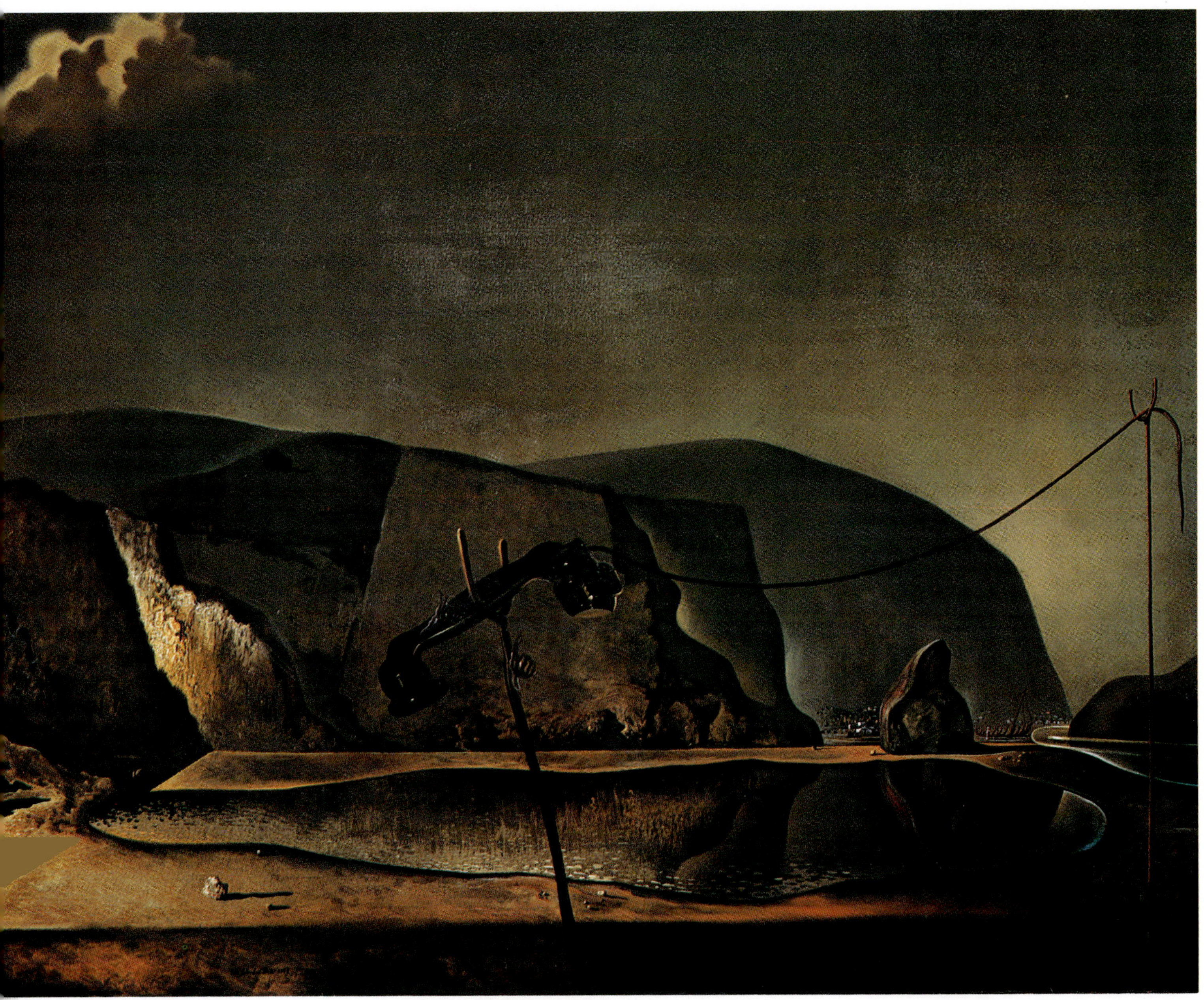

갈라의 기도
L'ANGELUS DE GALA

전화와 해변
PLAGE AVEC TÉLÉPHONE

1938년 캔버스 油彩 73.6×92cm
런던 테이트 갤러리 소장

1932년부터 달리는 밀레의 〈만종〉을 그의
독자적 해석에 따라 연작으로 그리기
시작했다. 그는 어릴적 학교의 교실 벽에
걸린 〈만종〉의 복제품에 강렬한 인상을
받았다. 그는 그것에서 막연하나마
고뇌 같은 것을 맛보기도 했는데, 그 인상이
너무 강렬하여 움직일 줄 모르는 두 사람의
모습을 좀처럼 지울 수가 없었다고 한다.
그는 고개 숙여 기도하는 두 부부에게서
잠재된 성적 충동을 발견한 것이다. 이
그림의 벽면에 걸린 〈만종〉의 여자가
남자보다 크게 그려짐은 그것에서 비롯하며,
마주 앉은 두 여인은 갈라의 모습이다.
마치 거울 속에 투영된 것처럼 마주보는 두
여인 사이에는 거울이 없을 뿐이며, 그것이
없다는 것에 달리적인 불가사의가 내재되어
있다. 또 갈라가 걸터앉은 수레는
〈만종〉 속의 수레와 같다는 점이 인상적이라
할 것이다.

굽이도는 산모퉁이 지멀리에는 포구
(浦口)가 보이며 그 포구에는 배들이 정박해
있어 평화로움을 느끼게 한다. 가끼이에는
지팡이에 전화가 걸려 있고 그 줄은 다른
지팡이로 이어져 있다. 전면에 가로놓인
괴이한 물체는 정어리인 듯하며, 왼쪽의
방형(方形)의 각을 이룬 듯이 보이는 지면을
산의 그림자가 그늘이 되어 예리하게
사선으로 뻗어 있다. 1938년 영국, 프랑스,
독일, 이탈리아 등 4개국이 뮌헨에서
영토 문제로 회의를 거듭하였으며
상대국들은 독일에 대해 융화정책을
폈으나 결국 와해되고 급기야는 제 2 차
세계대전으로 치닫게 된다. 이 회의의 이면에
전화가 중요한 역할을 하였기 때문에, 달리는
유럽의 긴박한 정치적 상황의 불길한
징조를 상징적으로 예시하기 위하여 이
작품에서 전화를 등장시켰던 것이다.

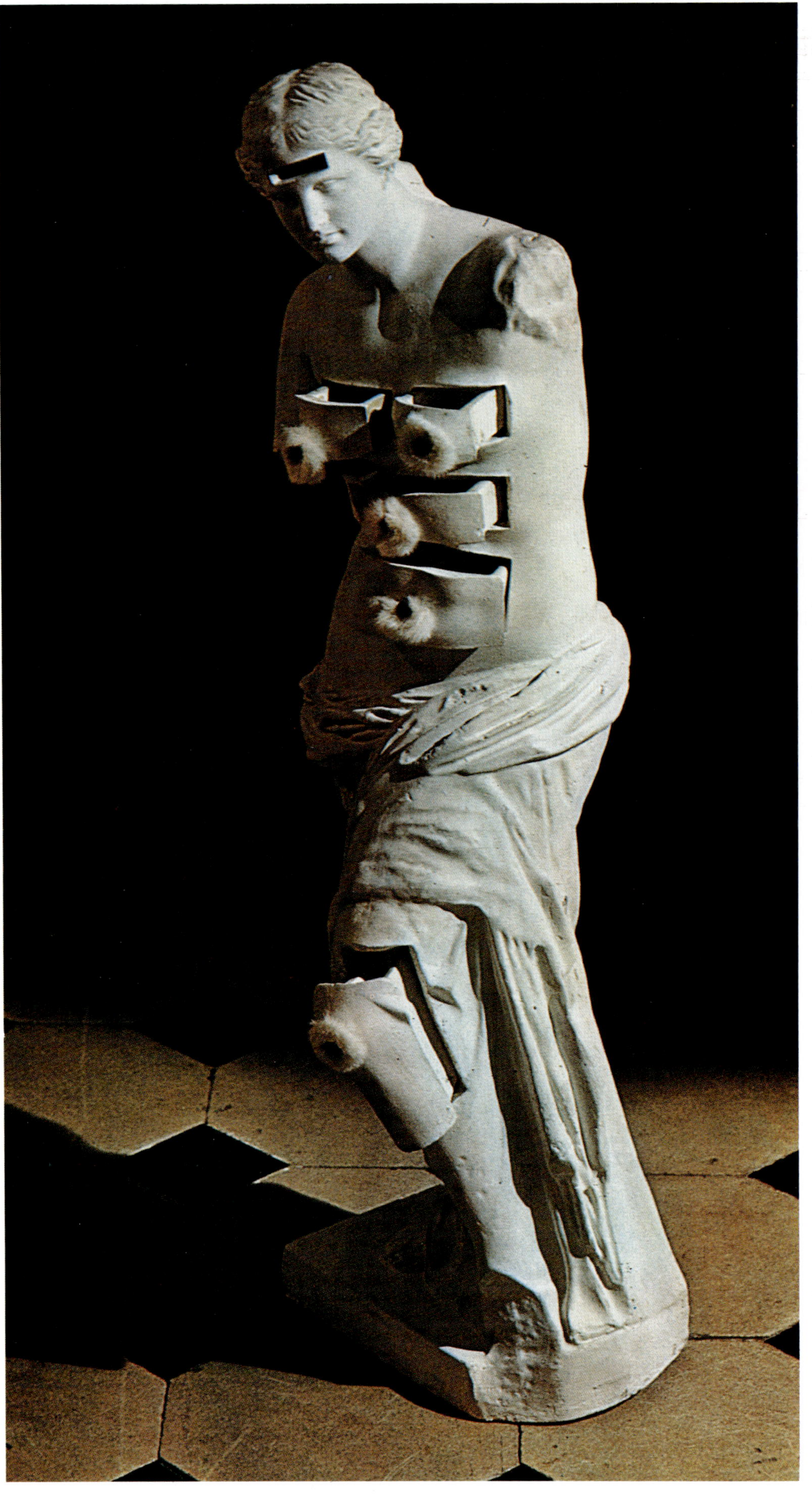

서랍이 달린 미로의 비너스
VÉNUS DE MILO AUX TIROIRS

학생시절부터 그당시 의학계에서 유명했던 지그문트 프로이트의 정신분석학에 심취된 바 있는 달리는 「불멸의 그리스와 현대의 차이에는 프로이트만이 존재한다. 불멸의 그리스 시대엔 신플라톤 학파의 순수한 인체가, 현대에는 정신분석학에 의해서만 열리게 되는 서랍으로 가득차 있음을 발견하게 되었다.」라고 하였다. 달리는 이 작품 외에도 서랍이 달린 인물이라든가 도시 등의 서랍과 관련된 많은 작품을 제작하였다. 달리가 즐겨 취재한 오브제는 일상에서 실용할 수 있는 것들이 대부분이며, 그는 이를 그의 착상에 따라 색다른 용도로서 변용하곤 한다. 이 작품에서도 비너스의 각 주요부분에 구멍을 내어 그곳에 손잡이를 달아 서랍의 형태로 만들어 놓았던 것이다.

1936년 브론즈·着色 높이 100cm
피게라스 달리 미술관 소장

구운 베이컨과 부드러운 자화상
AUTOPORTRAIT MOU AVEC LARD GRILLÉ

그는 이 작품에서 자신의 영혼을 반영코자 한 반면, 표현에 있어서는 실제의 구체적 형상으로 겉모양만 그리고 싶었다고 하였다. 긴 상자 위에는 잘 구워진 베이컨을 올려 놓고 지팡이로 세워진 늘어진 듯 일그러진 모습의 자화상을 그리고 있다. 지팡이들은 그의 안면 각 부분을 받쳐 주거나 끼워 있으며 걸터 세워져 있다. 그는 스스로를 식용(食用)으로 알맞다고 여겼다. 즉 그것은 그가 처한 시대에 정신적인 양식을 공급하고 있다는 자부심에서 비롯된 것인 듯하다. 이 그림과 더불어 미국의 캘리포니아에서 수년 후에 그린 〈피카소의 초상〉은 그의 독특한 초상화 양식에 속하는 것들이다.

1941년 캔버스 油彩 61.3×50.8cm
피게라스 달리 미술관 소장

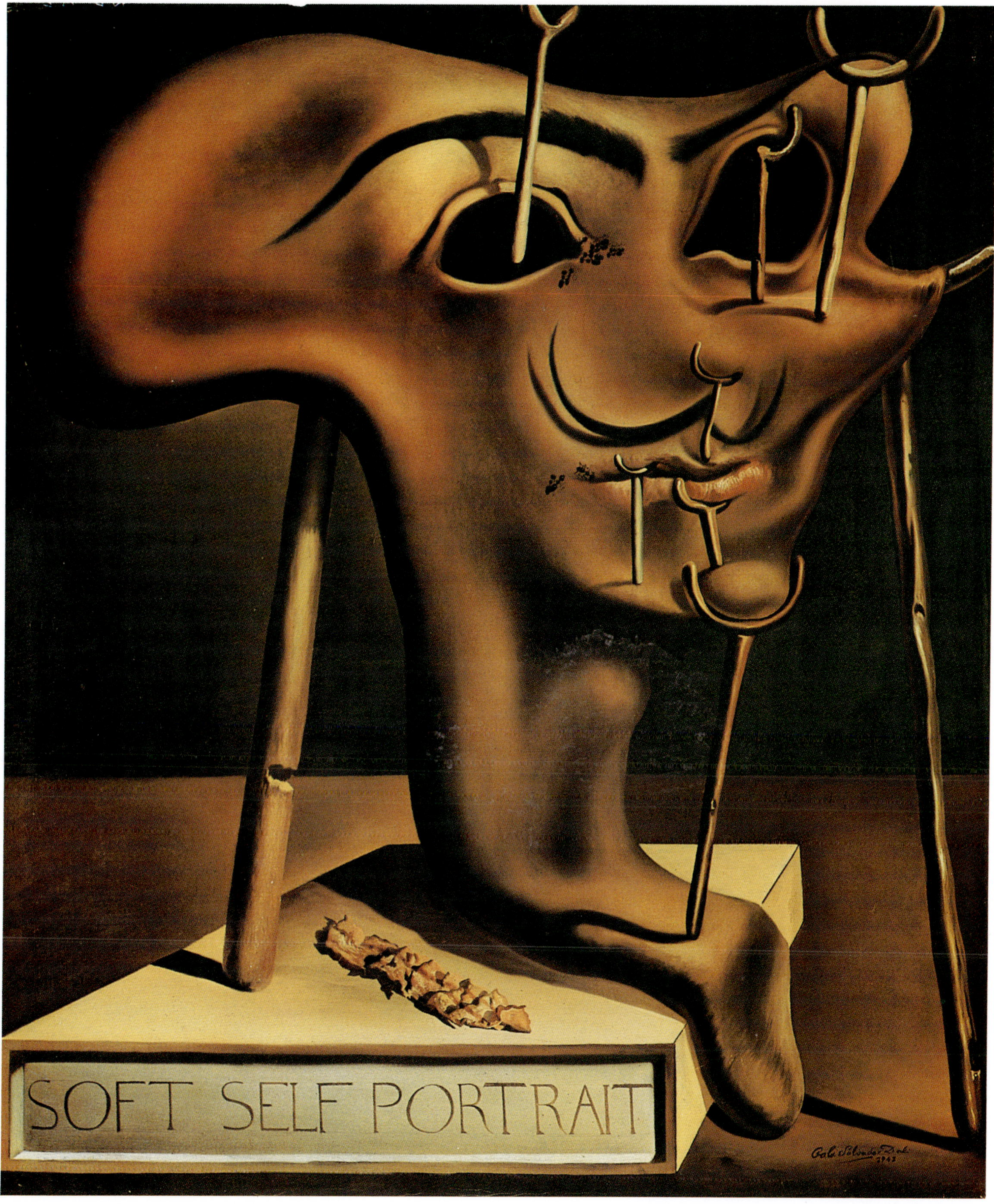

SOFT SELF PORTRAIT

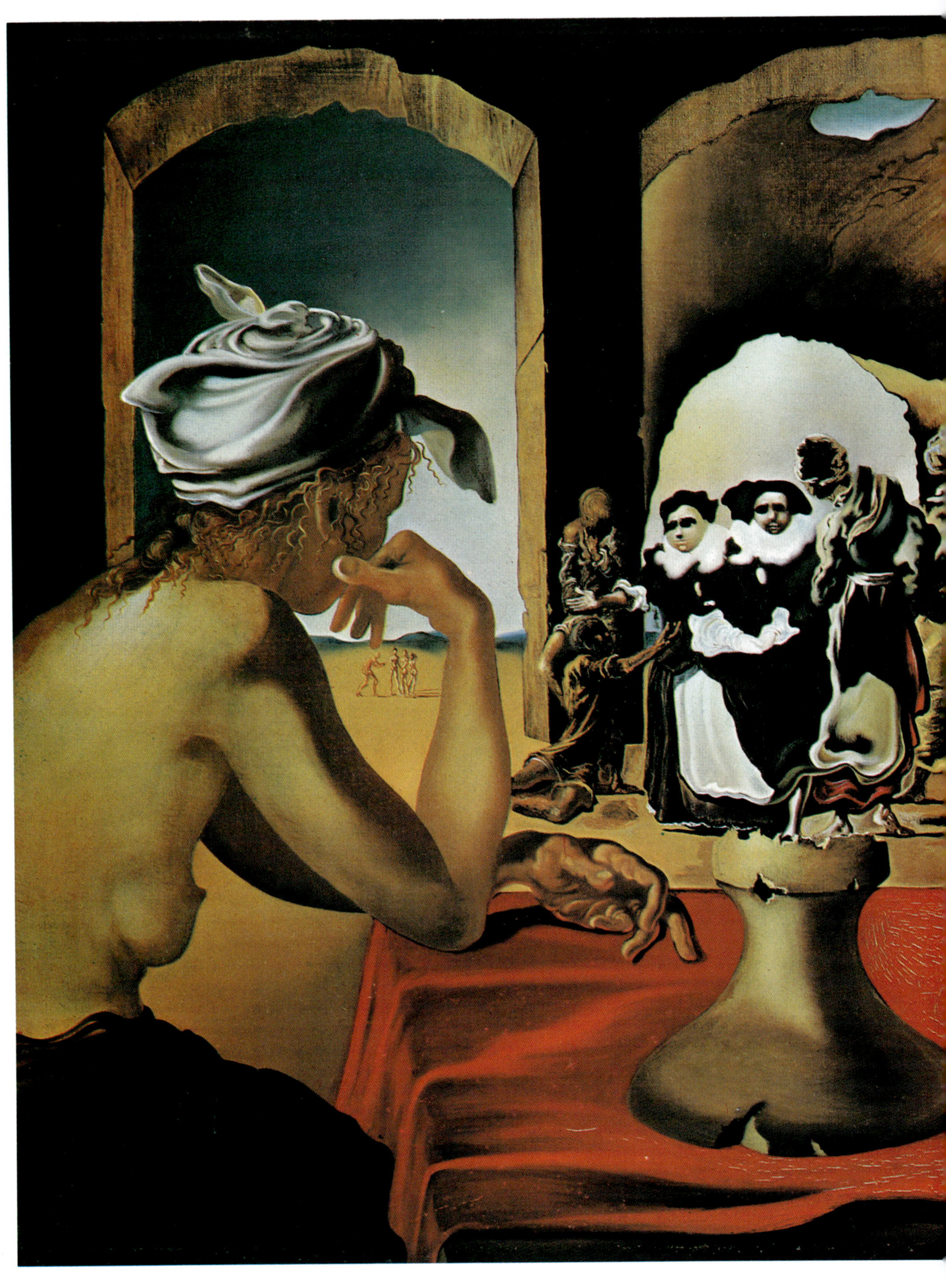

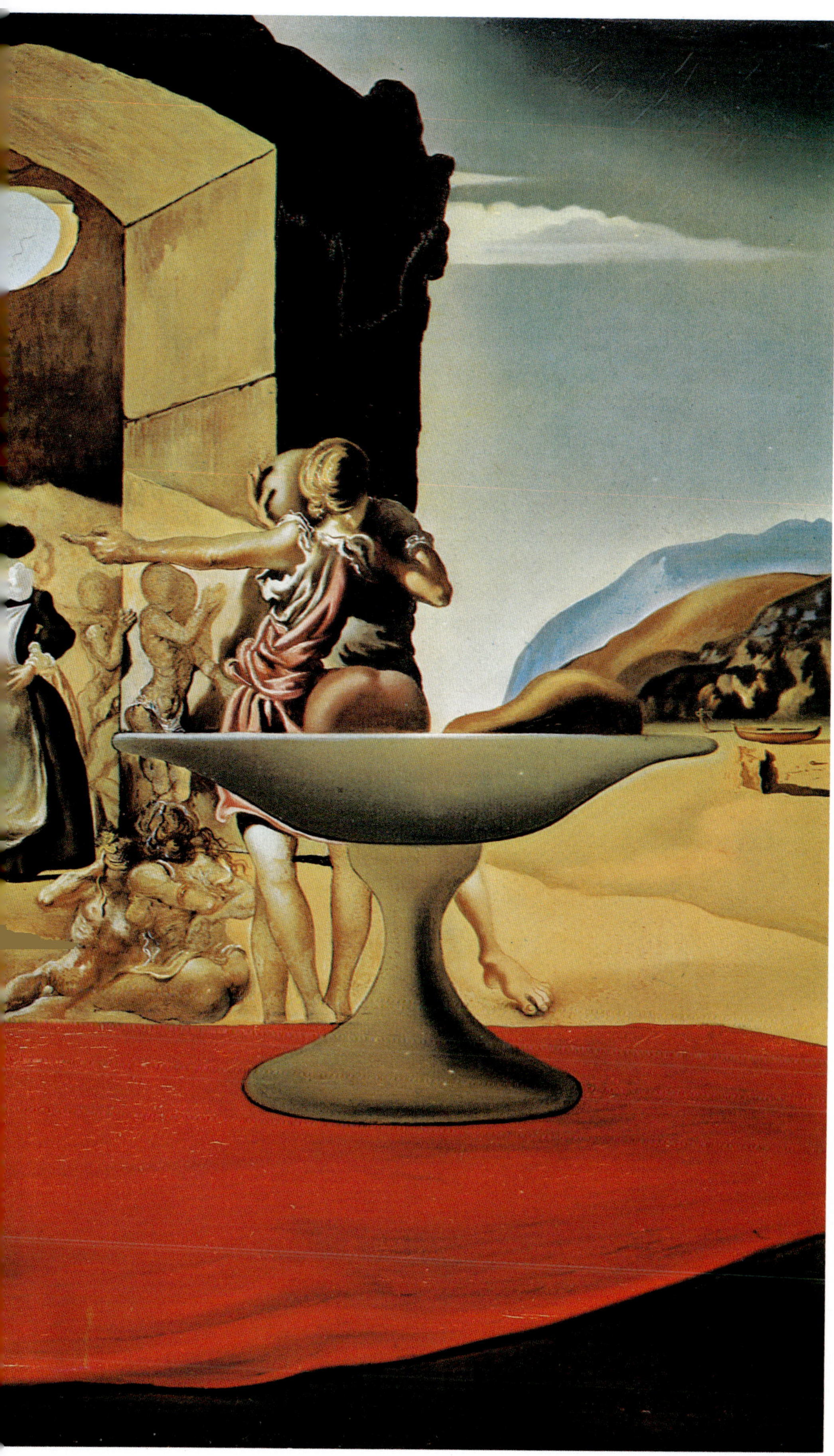

볼테에르의 보이지 않는 흉상이 있는 노예시장
MARCHÉ D'ESCLAVES AVEC LE BUSTE
INVISIBLE DE VOLTAIRE

　더블 이미지로 표현한 이 작품은 프랑스
체재 중에 그린 것이지만, 달리는 1940년
8월 미국으로 이수하여서도 〈볼테에르이
보이지 않는 흉상〉을 제작하였다. 달리의
그림 속에는 볼테에르의 초상이 자주
나타나지만 「갈라의 달리」에서 그는 다음과
같이 말하고 있다. 「갈라는 지극한
애정으로 나를 감싸 노에의 무리들과
아이러니로부터 나를 지켜주고 있다.
갈라는 나의 인생에 있어 볼테에르처럼
회의주의적인 모든 흔적을 제거시켜 준다.
나는 이 그림을 그리면서 파팟세잇의 시를
읊조리고 있었으며, 그 마지막 귀절은,
'사랑과 전쟁이여, 대지의 소금이여'였던
것이었다.」달리는 파팟세잇을 극찬하였지만,
무정부주의자이며 호전적인 그에게
바르셀로나에서는 비난의 화살을 보냈다
한다.

1940년 캔버스 油彩 47×66cm
클리블란드 달리 미술관 소장

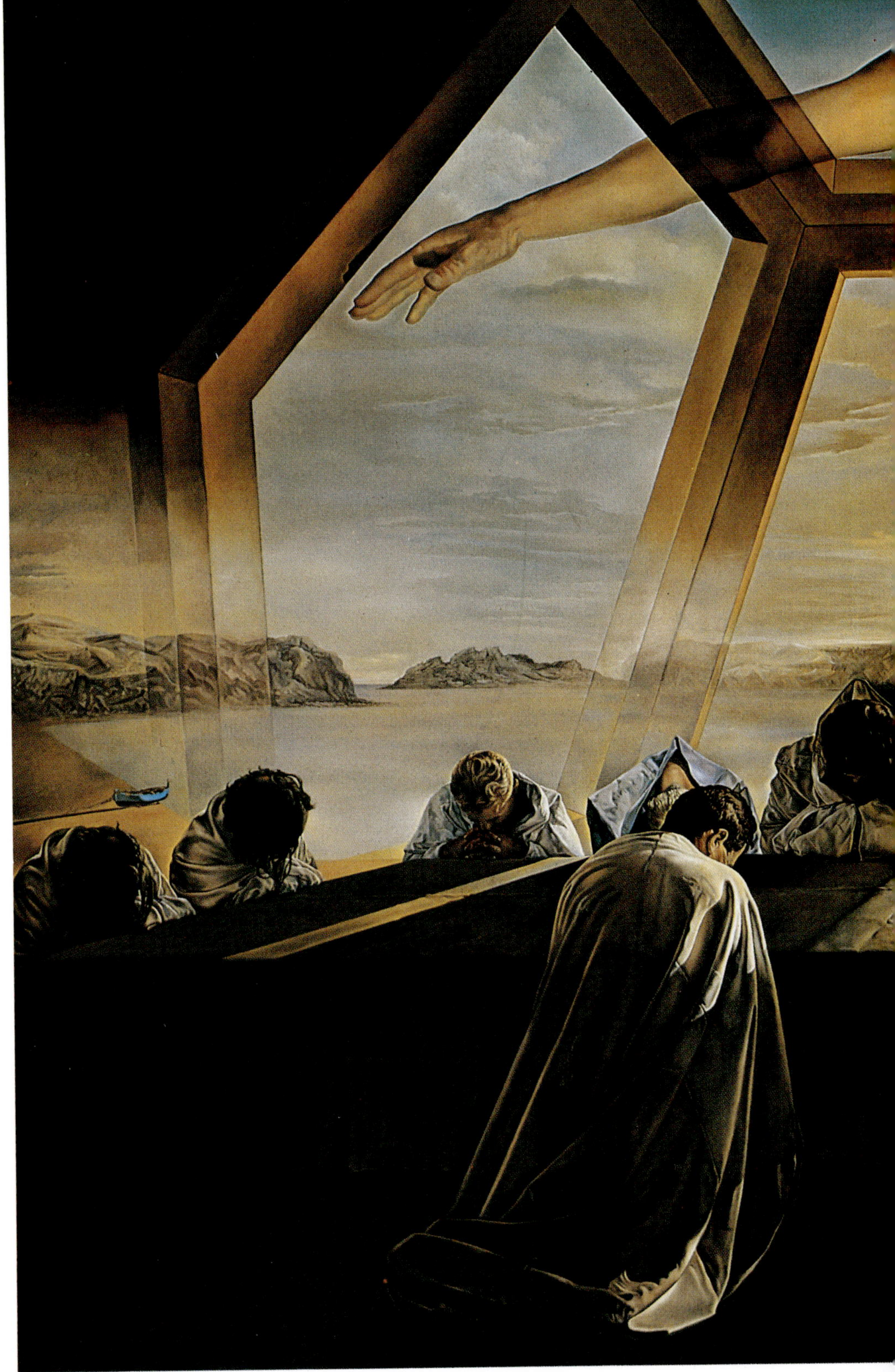

최후의 만찬
LA CÈNE

　그리스도를 중심으로 12명의 제자들이
좌우에 대칭되도록 그린 완벽한 짜임새의
구도이다. 그리스도만은 그의 신성함
때문에 투명하게 그렸고, 그 뒤에는
리가트 항의 바다와 배들이 밝게 처리돼
있다. 그는 이 작품에서 12라는 숫자에
편집광적(偏執狂的)으로 가장 우위를 두고
있다. 1년의 12개월, 태양을 에워싸고 있는
12궁전, 그리스도를 둘러싸고 있는 12제자,
하늘의 12면체에 포함된 12개의 5각형,
그 5각형의 중심에 소우주적인 인물
그리스도가 존재한다고 한다. 그리고
그리스도의 12제자는 태양을 둘러싼
12궁전과 같이 찬란하고 황홀한 상태에
이른 것 같은 느낌을 준다. 식탁 위에 놓인
빵에 이르기까지도 균정되게 두 쪽으로
나뉘어 있으며, 신비로운 분위기를 조성하기
위해 빛의 투사 방향을 역광으로 잡아
처리하고 있다.

1955년 캔버스 油彩 167×268cm
워싱턴 국립 갤러리 소장

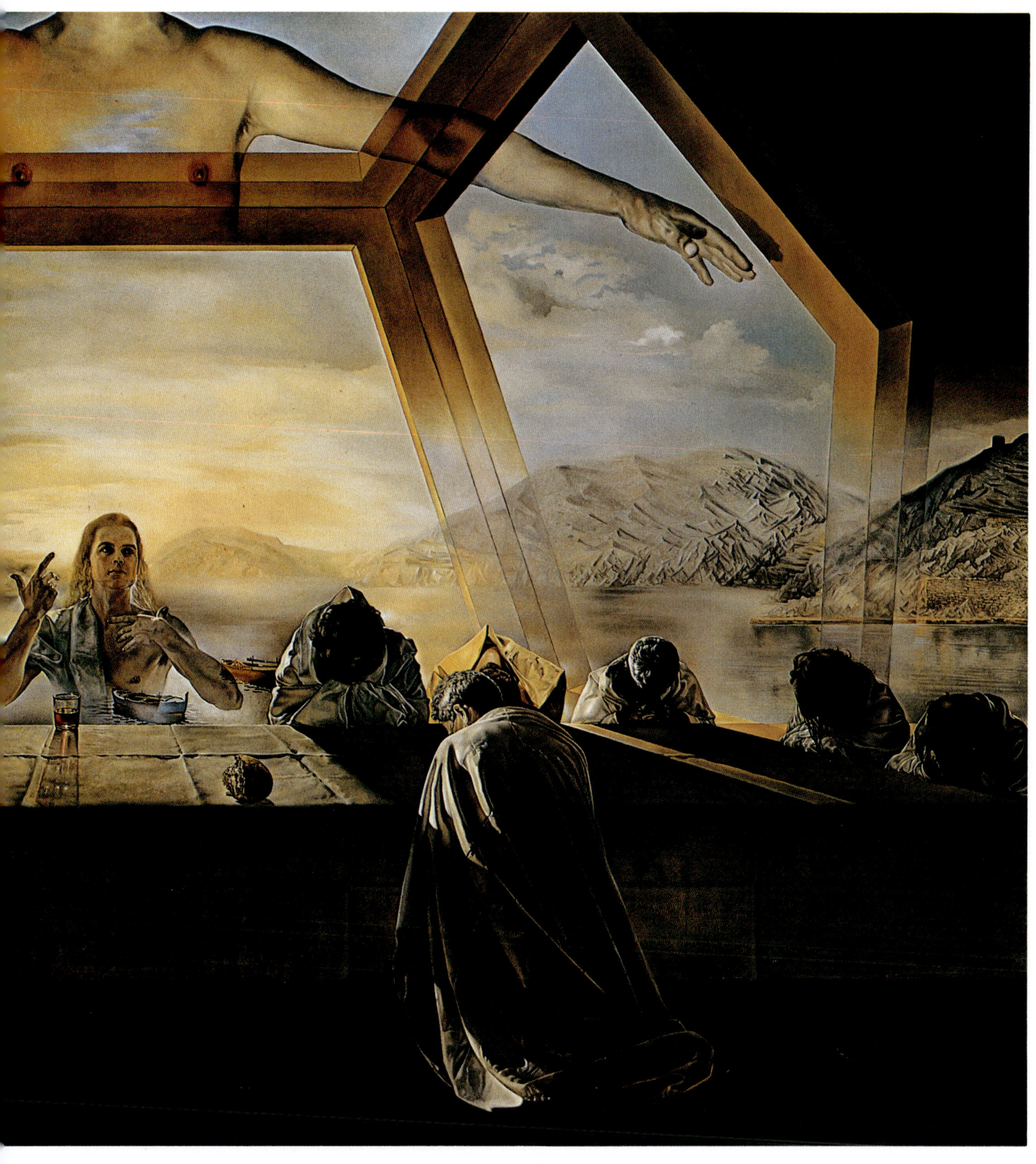

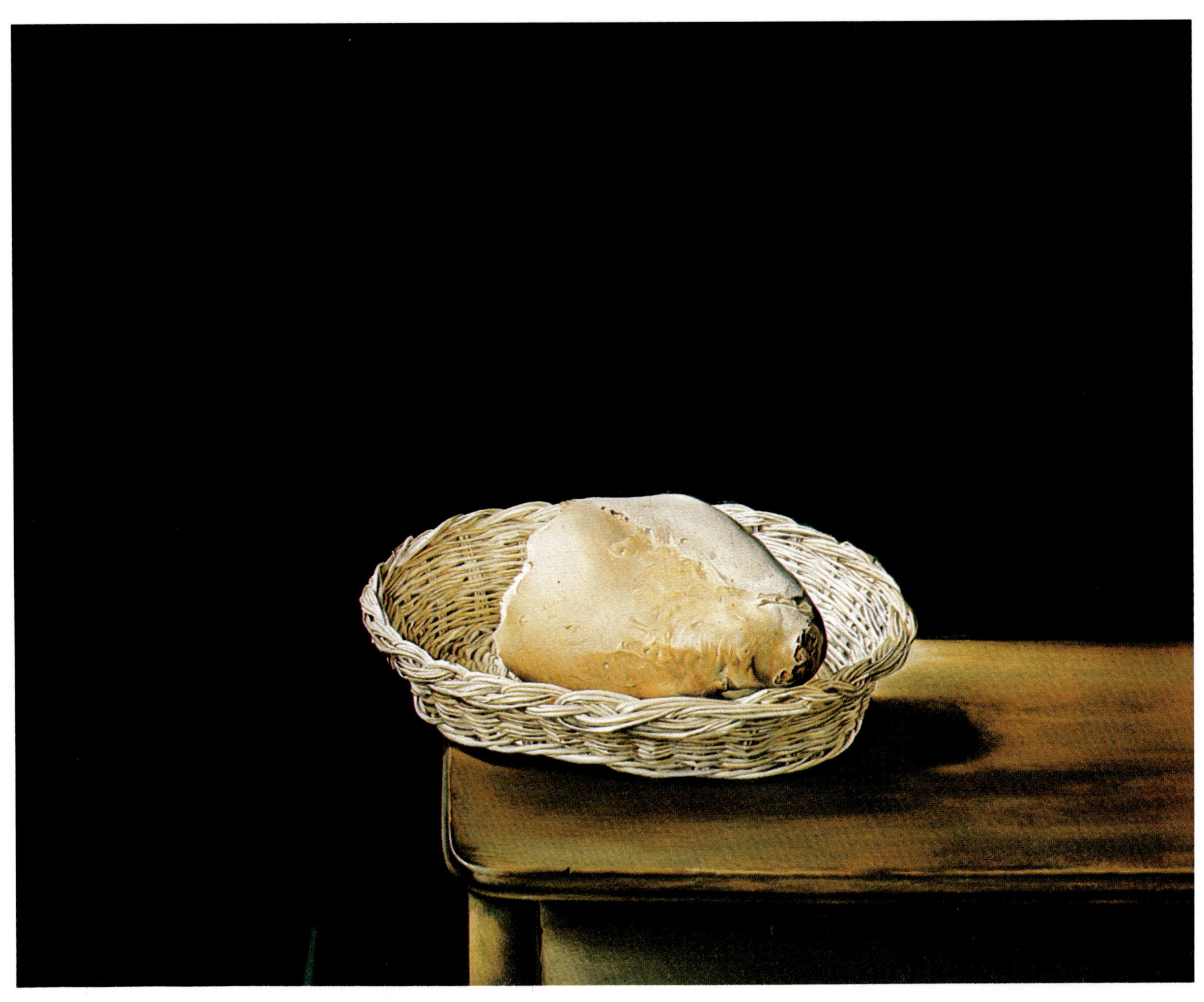

빵 광주리
LA CORBEILLE DE PAIN

갈라는 달리의 그림 속에 숱하게
나타나지만, 이 작품은 반으로 자른 반신의
모습이라 하여 그의 작품 중 특이한
작품으로 손꼽힌다. 그 반 조각의 빵은 곧
갈라인 것이다. 「오직 단 한 사람만이
르네상스적인 완성도에 필적할 만한 경지에
도달했다. 그는 곧 갈라다. 내가 기적적으로
획득한 나의 처 갈라는 마리아 칼라스나
그레타 가르보 등에 비교조차 되지 않는
슈퍼스타였다. 」 또 「달리 집안에는 두 사람의
원수(元首)가 있으며 그들은 갈라와 살바도르
달리다. 이들은 나의 성스러운
광기(狂気)를 수학적으로 증감하는 유일한
존재이다. 」라고 달리는 말한다.
그의 말에 따르면 갈라의 두 팔은 빵
광주리 모양으로 표현되었고, 그녀의
젖가슴은 불룩한 한쪽 끝이라고 한다.

1945년 板 油彩 33×38cm
피게라스 달리 미술관 소장

잠깨기 직전 석류 주위를 한 마리 꿀벌이 날아서 생긴 꿈
RÊVE CAUSÉ PAR LE VOL D'UNE ABEILLE
AUTOUR D'UNE POMME-GRENADE UNE
SECONDE AVANT L'ÉVEIL

허공에 뜬 채 누워 깊은 잠에 빠져 있는
여인, 그녀는 달리가 지극히
사랑하는 「갈라」이다. 망망한 바다,
단애의 절벽, 포효하는 호랑이, 그
호랑이를 삼키고 있는 물고기 그리고 잘
익은 석류, 그 주위를 날고 있는 한
마리의 꿀벌, 이러한 것들이 균정된
짜임새와 더불어 극적 율동감을 자극한다. 긴
총 끝에 달린 칼날은 여인의 팔을 찌르듯
시선을 자극하며, 배경 속의 베르니니의
코끼리가 오벨리스크와 교황의 상징을 나르고
있는 모습이다. 그 코끼리는 가장 깊은
의식 속의 고백에 대응키 위하여 최대한의
높은 위치에 그려져 있다. 갈라는 꿀벌
소리에 바늘의 아픔을 느끼고 깊은 잠에서
깨어난다. 이 작품은 달리가 전형적인 꿈에
대한 프로이트적 발견을 처음으로 영상화한
작품이다.

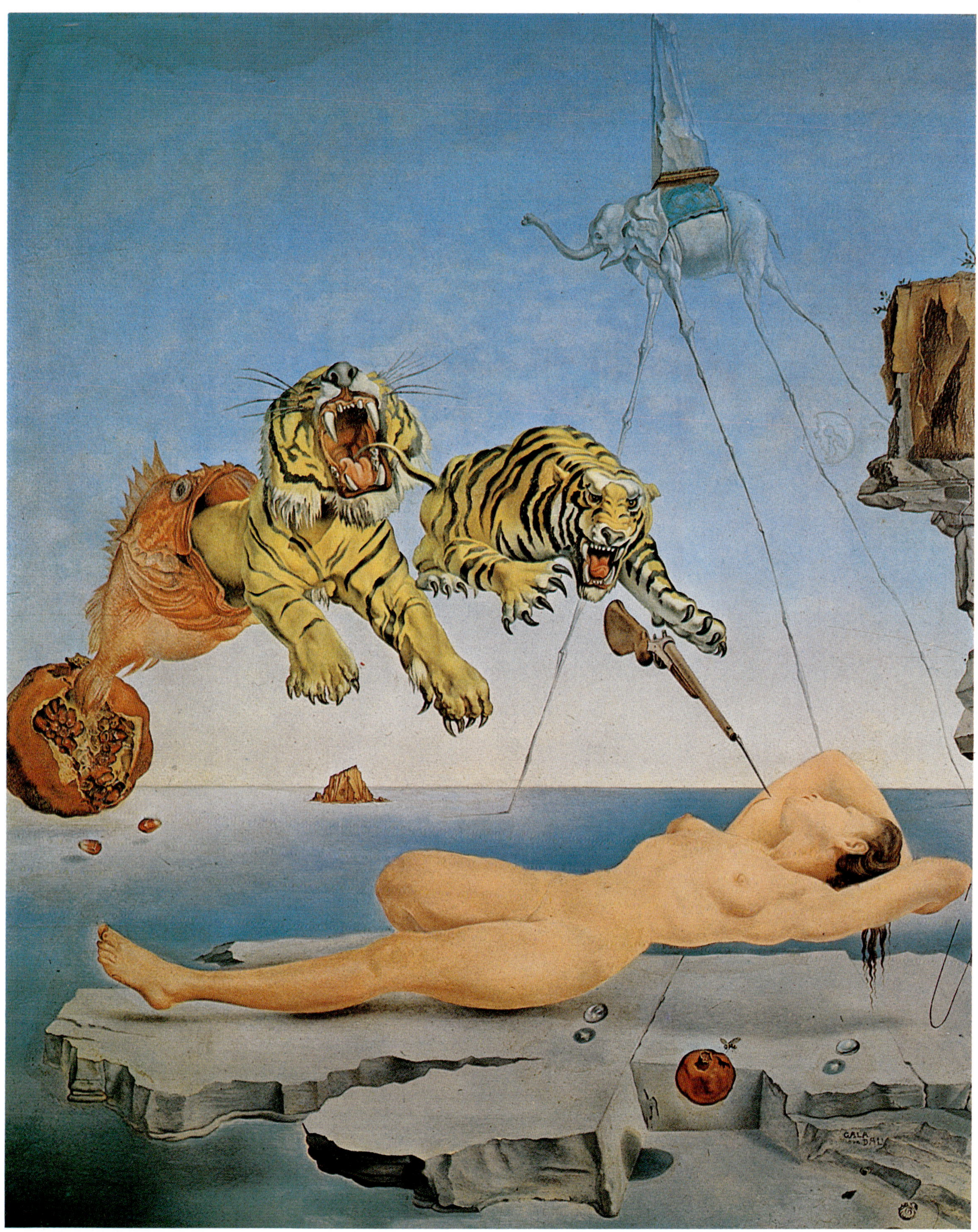

1944년 板 油彩 51×40.5cm
멕시코 개인 소장

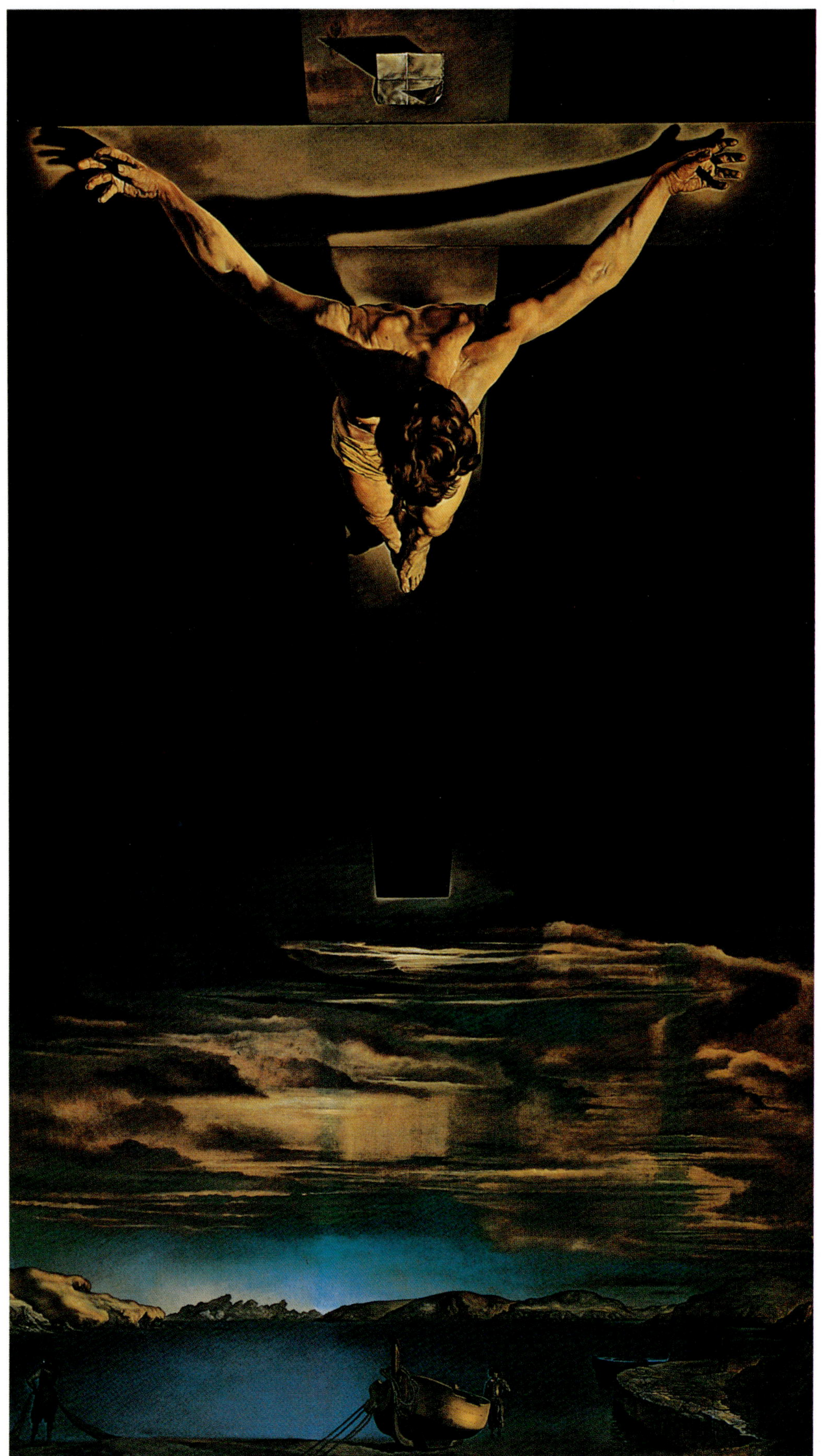

십자가의 聖 요한의 그리스도
LE CHRIST DE SAINT JEAN DE LA CROIX

갈릴리의 땅을 연상케 하는 리가트 항 하늘
높이 십자가에 못 박힌 예수를 그렸다.
더우기 예수가 위에서 내려다보이도록
그린 변형된 구도가 특이하다. 달리는
크리스찬은 아니지만 풍부한 상상력과
놀라운 지혜로써 종교화를 제작하였는데,
그 공통점은 편집광적 비판 방법과 자기
도취에서 벗어나 매우 정교하고도 수려한
필치의 사실적 묘사를 보이며, 전혀 새로운
시각에서 포착한 구도를 도입하여
형이상학적 작품을 이루었다는 점이다.
화면 속에 등장하는 인물들이 지극히
정상적인 모습의 사실묘사로 이루어졌기에,
이전의 작품들에서 느껴지던 괴이한
공포감과 처절한 느낌보다는 엄숙하고
신비로와 숙연한 감동을 불러일으키는
면에서「현대의 종교화」라 일컬을 수 있겠다.

1951년 캔버스 油彩 205×116cm
글래스고우 미술관 소장

자신의 순결을 뿔로 犯하게 될
젊은 처녀
JEUNE VIERGE AUTOSODOMISÉE PAR LES
CORNES DE SA PROPRE CHASTETÉ

1945년부터 1950년대에 걸쳐 달리의
창조적 지성은 돌연한 이변을 가져온다.
급속한 발전을 보인 원자물리학에 대한
깊은 관심으로 비약적 전개가 시작된다.
원자폭탄의 발명에 큰 충격을 받고
원자물리학, 양자역학 등에 관심을 둔 그는
물질간의 불연속성에 흥미를 느꼈다.
전자나 원자핵을 연상케 하는 코뿔소의
뿔 모양을 그렸는데, 그것은 완전한
대수나선형(対数螺旋形)으로 구성되어
있다. 또 그것들은 공중에 떠올라 서로
유리되면서 다이내믹한 구성이 되는 것이다.
이 작품에 대해「무소의 뿔은 순결의
상징이다. 전설 속의 뿔짐승인 무소의 뿔인
것이다. 규방 처녀와 같은 이 여인은 뿔에
매달려 뿔과 도덕적으로 조화율을 이룬다.」고
달리는 말하고 있다.

1954년 캔버스 油彩 40.5×30.5cm
시카고 플레이보이 소장

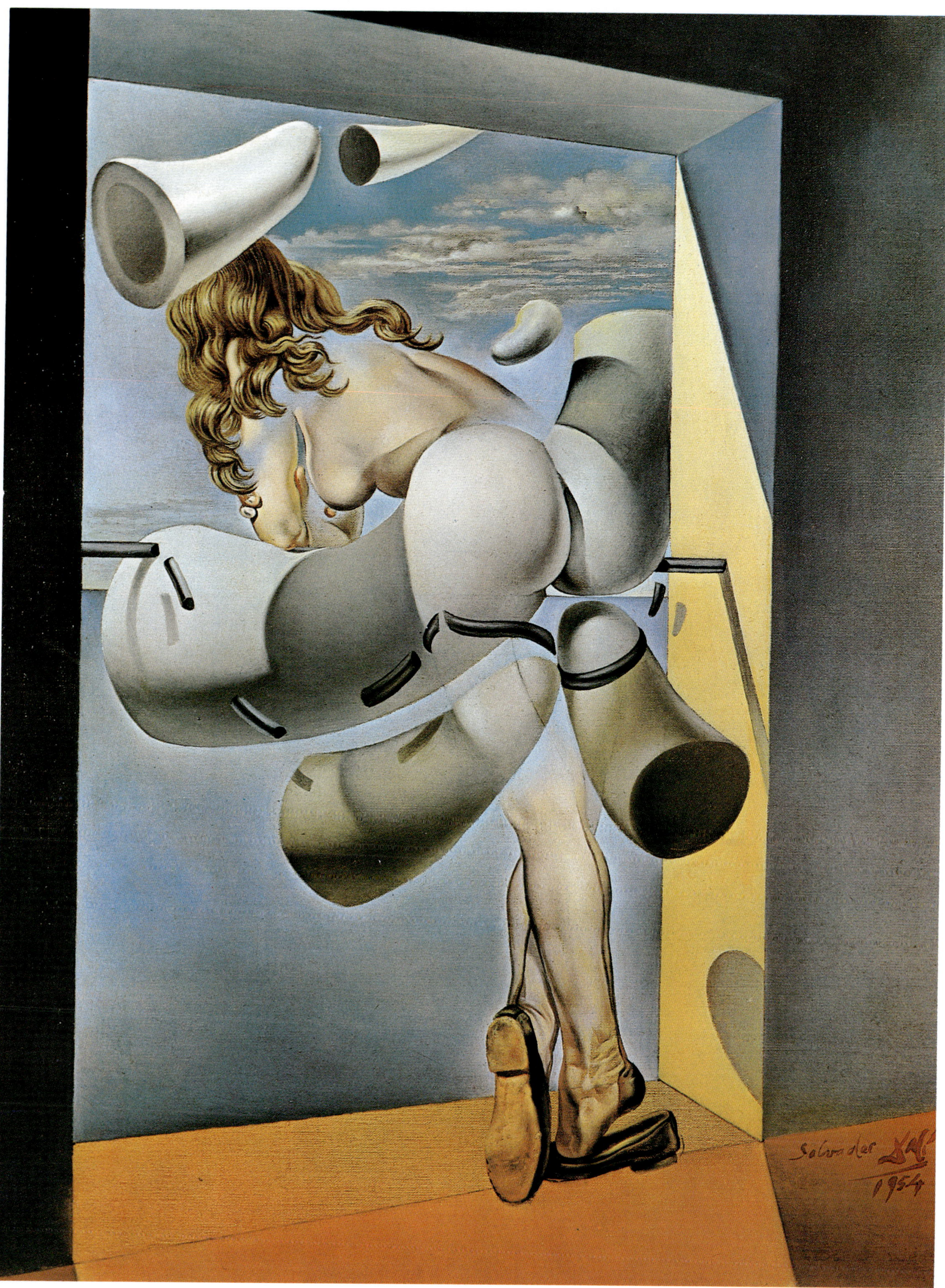Salvador Dalí
1954

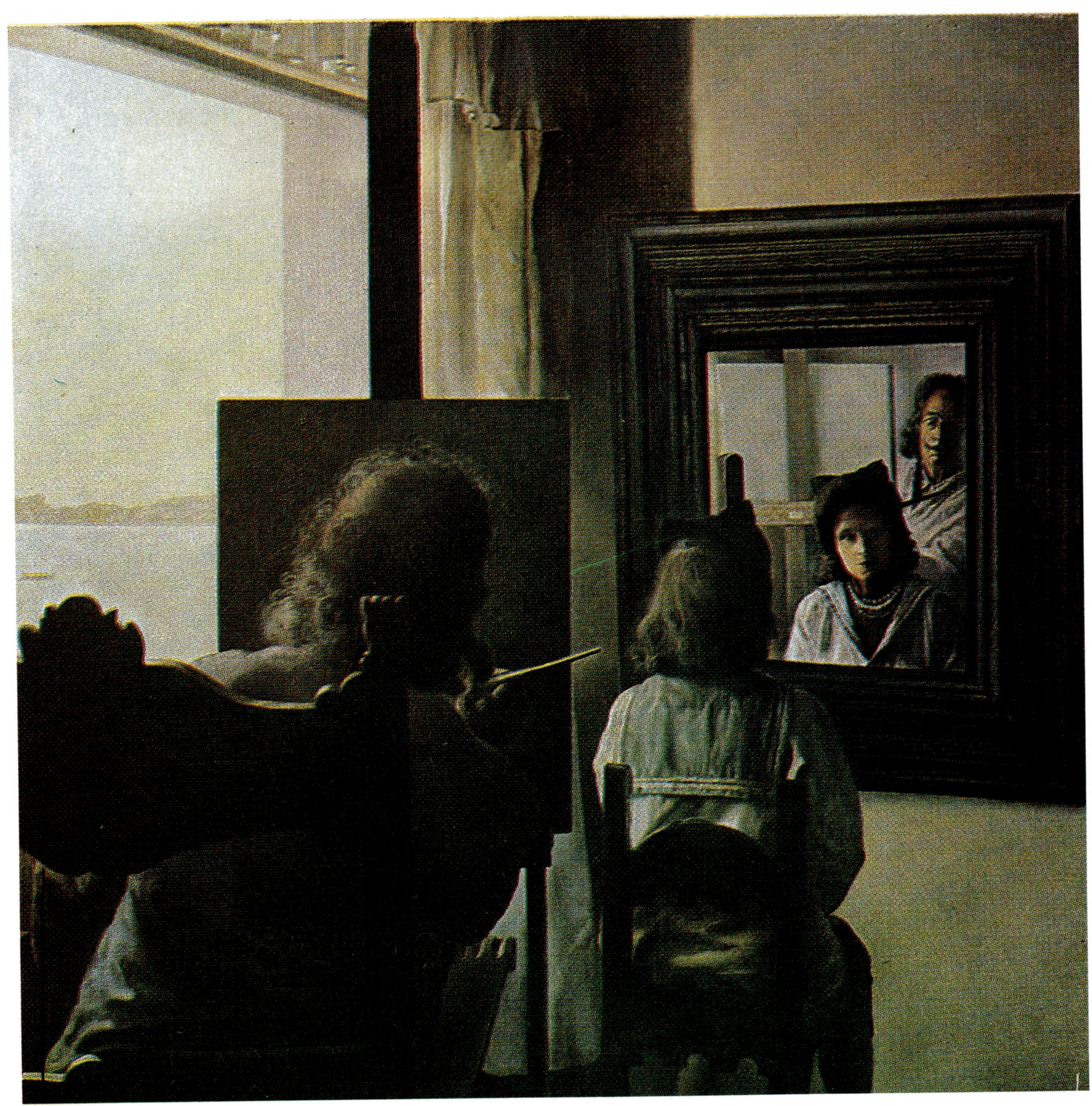

거울을 통해서 입체적으로
표현한 달리와 갈라 (未完成)

DALI FROM THE BACK PAINTING GALA FROM
THE BACK ETERNIZED BY SIX VIRTUAL
CORNEAS PROVISIONALLY REFLECTED BY
SIX REAL MIRRORS

갈라에 대한 달리의 사랑과 믿음은
어디에 비할 수 없는 절대적인 것이며
그들에게는 숙명적인 만남인 것이다.
1930년대부터 달리의 그림 속에 서명된
「갈라와 살바도르 달리」는 항시 그들은
공동체와 같음을 시사한다. 갈라의
뒷모습과 앞모습의 관계는 〈갈라의 기도〉
에서와 같지만, 여기서는 달리와 갈라가

각기 한쌍으로 앞모습과 뒷모습을 그린
것이다. 앞모습 쪽은 녹색의 액자 속에
거울로 비쳐진 모습과 똑같이 그려져
있으며, 이것은 결국 보는 사람으로하여금
착각을 일으키게 한다. 이 미완성의 작품은
여섯 개의 거울을 실제로 바꾸어 가며
제작했다고 한다. 이는 마치 우리들이
이용원에서 여러 면의 거울을 통해
경험한 바처럼, 달리와 갈라는 반복되는
반영 속에 영원히 존속하는 것이다.

1973년 캔버스 油彩 60×60cm
스페인 개인 소장

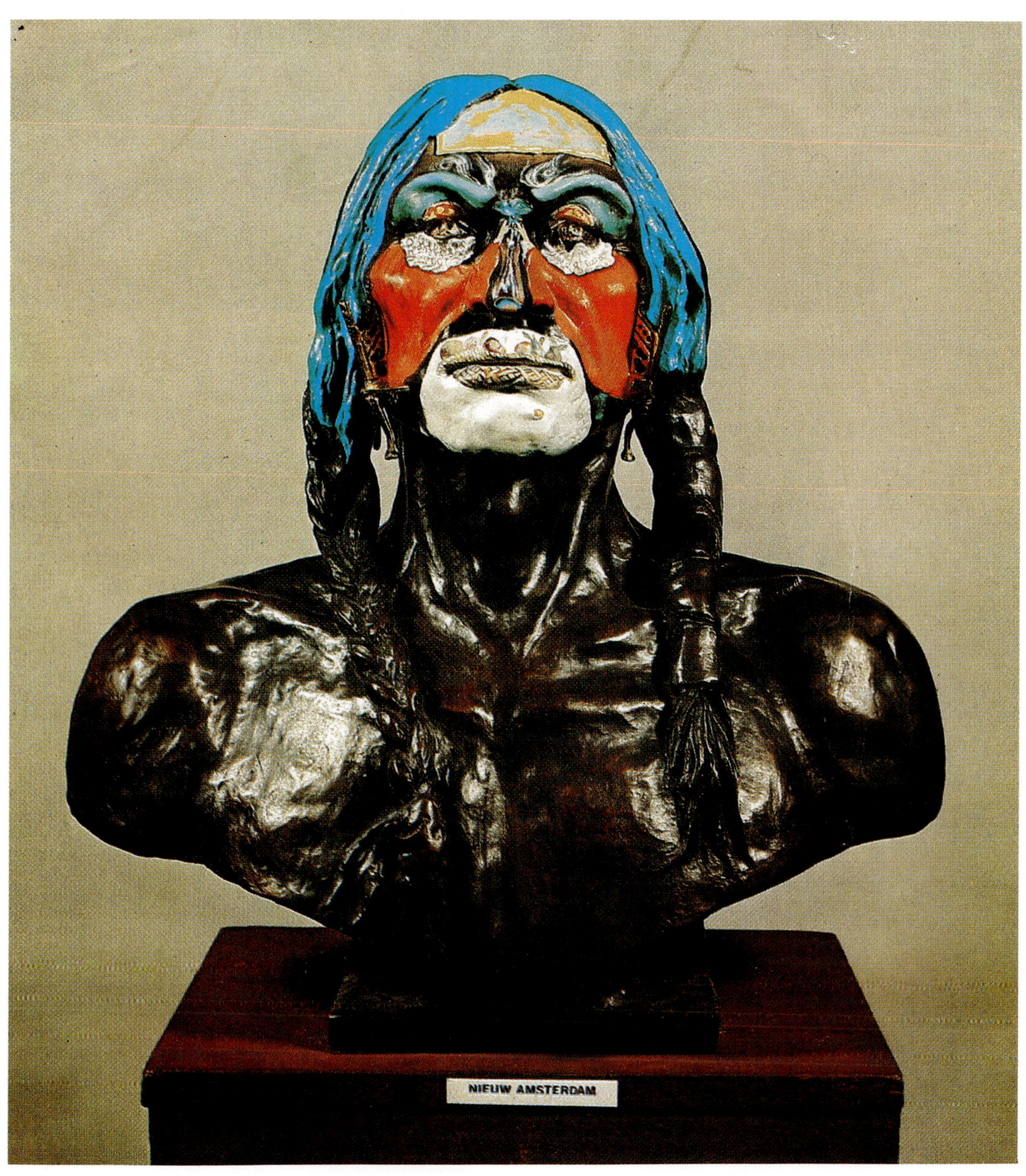

新 암스테르담 "흰독수리"
NIEUW AMSTERDAM "AIGLE BLANC"

19세기 말 슈레이보겔이 제작한 아메리카
인디안의 브론즈 흉상에 달리가 유화
물감으로 그린 것이며, 거기에 달리적인
편집광적 비판 방법의 변모가 나타나 보인다.
이 작품의 번호는 $\frac{1}{11}$이다. 유화로
그려진 데는 머리뿐이지만, 밝은 청색으로
칠하여진 머리카락 밑의 얼굴에는 인디안
특유의 화장이 되어 있는 동시에 다른
요소들과 더불어 이미지로 되어 있다.
두 눈은 모두 남자의 얼굴 모습으로 그렸고,

청색으로 칠하여진 눈썹과 붉은색의
눈꺼풀은 모자로 그려졌으며, 그 밑의
눈시울은 하얀 목걸이, 양 볼은 빨간색의
외투, 그리고 코 위에는 두 개의 컵, 그
밑에는 코카콜라병이 그려져 있다. 결국
이것은 앉아 있는 네덜란드 의상의 상인들이
컵을 들고 건배하고 있는 모습인 것이다.
하얗게 칠한 입 주위에는 여러 가지 과일이
담긴 광주리가 그려져 있다.

1974년 미국의 조각가 슈레이보겔의
브론즈像·油彩着色 52.5×47.5× 25cm
클리블란드 달리 미술관 소장

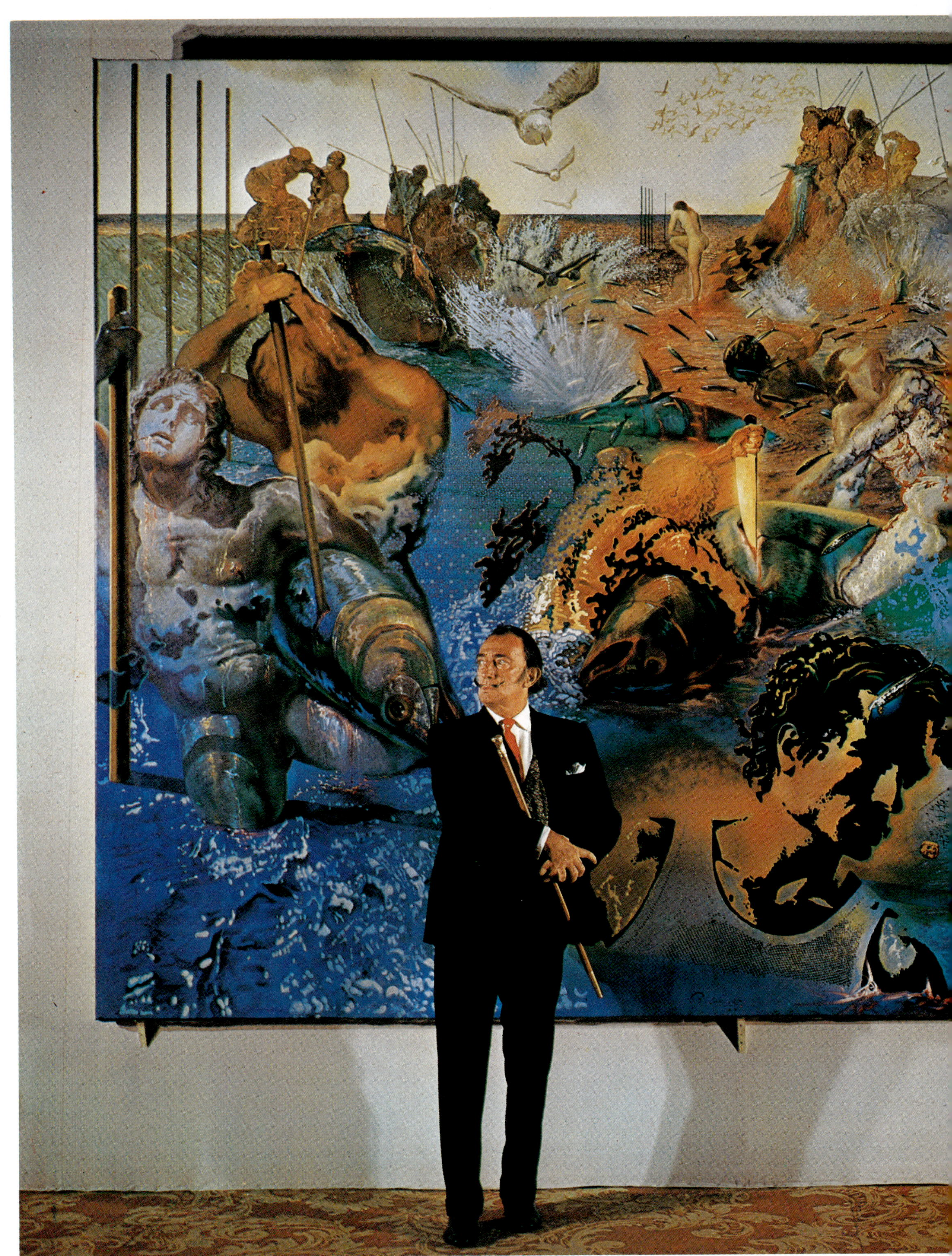

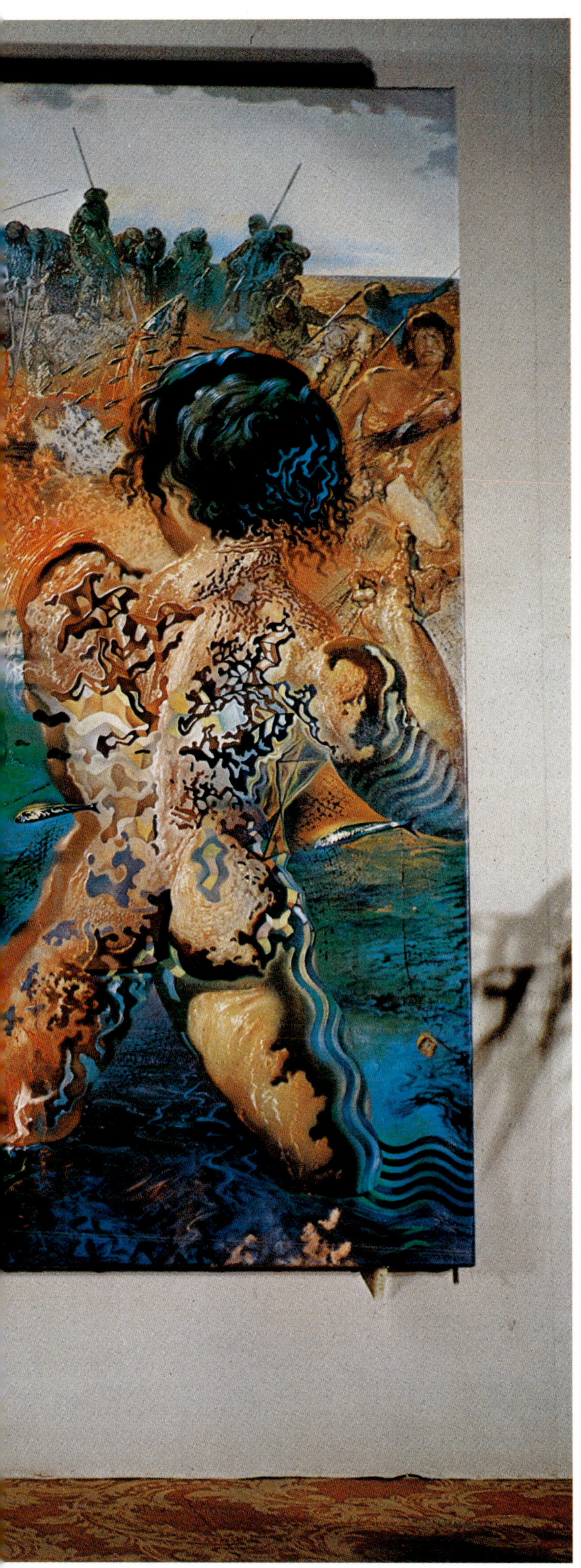

다랭이 잡이 (작품 앞은 달리)
LA PÊCHE AUX THONS

　코발트 색 바다를
선혈로 붉게 물들인
웅장한 다랭이 잡이의
광경이다. 그 옛날 어떤
스웨덴의 화가가 그린
다랭이 잡는 모습의 판화를
기억해 내었고, 최근 들어
과학적 검증을 이룬 우주
한계설을 바탕으로 이
그림을 제작하게 되었다
한다. 물고기, 다랭이,
어부 등 이 모두는 어느
한계를 지닌 우주를
의인화(擬人化)한 것이며
달리적인 우주는 이
물고기들이 차지한 공간에
의해서 여러 가지 표현
요소블에 내해 미힉을
초월한 강력한 힘을 나타낸
것이다. 또 달러의 말을
빌며 이 그림은 「옵
아트, 팝 아트, 점묘주의,
액션 페인팅, 기하학적
추상들의 결합체」라고
한다. 이 〈다랭이 잡이〉는
아마도 가까운 장래에
달리의 예술에 있어 30여
년 전의 〈부드러운 시계〉와
동등한 중요성을 가지게
될 것이다.

1966~7년 캔버스 油彩
304×404cm
개인 소장

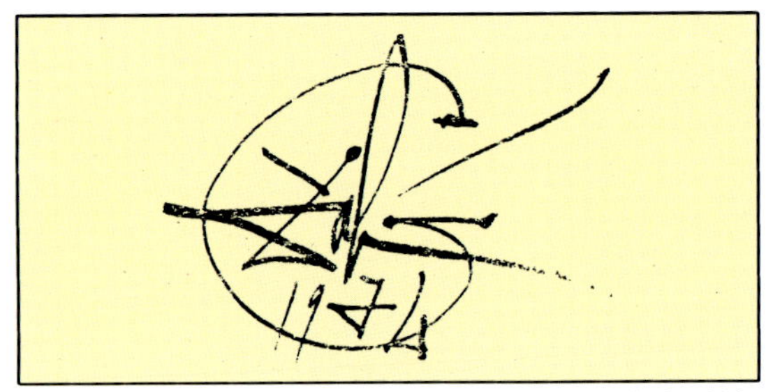

달리의 생애와 작품 세계

무의식의 威力과
奇想天外의 발상

살바도르 달리는 금세기의 가장 특이하며 괴이한 화가로서 그의 작품 속에는 현대의 작품들 속에서 느낄 수 있는 인간의 회의, 압도하는 무의식의 위력 등이 내재(內在)되어 있다. 즉, 그의 작품 속에는 통속적 경험과 상식으로써는 전혀 감지(感知)키 어려운 기묘한 것들로써 이루어져 나름대로의 독자적인 초현실의 세계를 전개하고 있다.

그러한 그를 두고 어떤 비평가들은 병(病)적인 그림, 또는 광인(狂人)의 그림이라고들 평한다. 왜냐하면 인간의 의식과 개성이 무의식적인 내용물의 홍수 속에 빠져들어 잠적하는 현상은 마치 정신 분열의 증세와도 같기 때문이라는 것이다. 그러나 이제 그의 그림을 두고 광인의 그림이라고 평할 수 있었던 시기는 이미 지났다.

달리 자신의 언급처럼 광인과 자신 사이의 유일한 차이점은 그가 미치지 않았다는 사실이다. 만일 그가 광인이라면 그의 작품에서 어떤 공감을 느끼겠는가? 만일 그것을 느낀다면 그것 역시 모순이 아니겠는가 라는 문제가 성립되기 때문이다. 우리가 상식적인 관점에서 살펴볼 때 그의 손이 광인의 손이라 친다면 그의 괴이성을 제외하고라도 극사실적인 기법과 기발한 짜임새의 구성은 불가능하다는 것이다.

달리는 철저한 자기 본위의 독특한 화가지만 그의 작품 속에는 현대인이 지닌 갖가지 고민, 불안, 모순, 공포, 절망 등이 숨김없이 표현되고 있다.

현대는 인간의 내적 상상력을 제어하고 인간의 추억이나 향수, 신앙, 전설, 영웅, 꿈들을 과감히 매도한다. 달리는 그러한 상상력들을 해방시키기 위해 편집광적 비판 방법(偏執狂的 批判方法, paranoia critic)을 연마하여 자신만의 자유로운 길을 개척해 나간 것이다.

그의 의도적인 괴이한 언행과 용모 속에는 비상함과 지속성이 내재(內在)되어 있고 그의 주위를 맴돌며 그를 고뇌 속에 빠뜨렸던 수수께끼를 탐구하려는 끊임없는 욕망이 감추어져 있다.

달리의 회화성은 같은 초현실주의자들과 비교할 때 혼란성을 띠고 있으나, 마그리트와 같은 분열성은 보이지 않는다. 또 그가 초자연의 세계를 여실하게 묘사하였고 그 대부분이 그로테스크(grotesque)하며 공포감을 불러일으키기에 중세의 화가 보시(Bosch)와 곧잘 비교되기도 한다. 그러나, 보시의 그림은 형언하기 어려우리만치 세밀한 것들로 이루어져 있지만, 달리의 그림은 두 세 가지의 요소만으로도 그의 환상(幻想)을 충분히 나타내고 있는 것이다.

허버트 리이드는 두 작가의 차이점을 논할 때 보시는 저절로 주광화되어 나타난 현상을, 그리고 달리는 작위적으로 객관화하여 구성했다고 보고 있으며, 단지 보시의 예술이 지닌 보증된 영구성에 비해 달리나 그 밖의 초현실주의자들의 작품을 너무 경솔하게 평가하거나 무시해서는 안 된다는 점을 시사하고 있다.

흔히 달리를 현대의 보시라고 단순화해서 말하는 것에 관해 달리 자신은, 「그것은 자기 개성에 관한 가장 나쁜 오해 중의 하나이다. 보시의 괴물은 안개 싸인 유럽의 숲에 의한 것이며 중세에 대한 심한 소화불량의 증세를 나타내고 있다. 카다퀘스의 밝은 빛 속에서의 나를 왜 보시로 만들려 하느냐?」고 반문하는데 이는 역시 달리다운 반응이라 하겠다. 우리는 이러한 달리의 독자적인 언행과 그의 그림을 부담스럽게 받아들이면서도 오히려 한편으로 그의 전혀 예기치 못할 기상 천외의 의외성에 강한 흥미와 호기심을 가지게 되어 자신도 모르게 그에게 동조되고 있음을 느낄 수가 있다. 그러한 호기심에 의해 저널리즘은 자주 기사화하곤 하지만 달리의 관점은 저널리즘이나 일상의 통념과는 전혀 다른 데가 있으며, 그의 기발한 언행등은 이미 통념에 젖은 모든 이들을 향해 날카로운 비판과 풍자를 함과 아울러 인간성 상실의 현대를 향해 노골적으로 파문을 던지는 것이다.

금세기에 들어 급진 팽배한 현대의 과학 문명과 더불어 국제간의 전화(戰火)가 끊이지 않는 가운데 전혀 새로운 유형의 화가나 회화가 등장한다 할지라도 결코 놀라운 일은 아니다. 광란의 소용돌이 속에서 인간 존재 그 자체에 의문을 지닌 채 우리들 의식 가운데 내재한 비합리적인 실상을 파헤쳐 보이는 달리는 금세기의 가장 정직한 예술가로서 남을 수 있으며, 가장 훌륭한 예언자이며 대변자이다. 어느 시대를 막론하고 탁월한 예술가는 그 시대를 이끌거나 그 시대를 앞서 초월하는 예언자적 역할을 한 예를 찾을 수가 있다.

환상 미술의 전례를 살펴보면 보시라던가 브뤼

겔, 블레이크, 르동, 앵소르 등이 있지만 그들에 비해 달리는 보다 처절하고 본능적이며 노출증적인 면을 나타내고 있다. 그에게서는 파라노이아(paranoia ; 偏執狂)와 페티시즘(物神崇拜)이 특질로 나타나며, 내부와 외부를 전도시켜 마치 내장을 드러내 보이는 듯한 독특한 사실주의를 추구하고 있다. 이를테면 밤같이 어두운 세계를 밝은 양광(陽光) 아래 드러내 보이는 것이다.

달리가 「비합리성에 도전」하게 된 것은 서구의 각국이 정치적 긴장의 팽배와 대립에 의해 충돌을 일으키게 되는 1930년대였다. 즉, 유럽 자본주의 사회에 대한 개혁과 부정, 정치적으로는 혁신과 혁명을, 예술적으로는 재래의 예술 형식을 파괴, 부정하는 양상을 나타내기 시작하는 무렵이었다.

이러한 양상 아래 전개되는 제 미술 운동에 스페인 태생의 작가들이 많은 활약을 보인다. 이를테면 유기적 환상의 세계를 표출한 건축가 가우디(Gaudi)라든가 20세기의 조형 혁명으로 불리우는 큐비즘의 대표적 화가 피카소(Picasso)라든가 그리스(Gris) 등이 있으며 초현실주의의 미로(Miro), 달리(Dali) 등이 나타난 것이다.

스페인은 유럽 중에서도 서구에 속하지 아니하며 역사적으로도 동방 문화의 영향이 두드러진다. 인종이나 정치적인 면으로도 파악키 힘든 복합적 요소를 지닌 나라인 것이다. 달리의 말을 빌면 「프랑스는 가장 지성이 풍부하고 합리적인 나라인데 반해 스페인은 가장 비합리적인 또한 가장 신비스러운 나라」라고 한다. 그러한 환경 요인이 그들을 서양 회화의 위기적 상황에서 두드러지게 부각시키는 역할을 하게 한 것으로 보여진다.

프로이드는 예술이란 인간의 억압된 바램을 그대로가 아닌 승화된 어느 형태로 표현함으로써 우리에게 쾌감을 준다고 했다. 또 인간의 성적 충동이 예술 작품의 창작 과정에서 중요한 역할을 한다고 인정했다. 특히 달리의 작품에서 그러한 예를 많이 발견할 수 있고, 그것으로 그의 성에 대한 관심도를 짐작할 수 있다. 태어나면서부터, 그리고 유년 시절의 성장 과정을 통해 성숙한 그의 기술적이며 지적인 재능, 특히 독자적인 풍자의 재능이 방종하고 자기 도취적인 기념비를 세우는 데 기여한 것이다. 이렇게 달리의 작품 세계는 프로이드의 정신 분석학과 예술관의 영향으로 순수한 인간의 잠재 의식 세계를 노출하였다고 볼 수 있다.

살바도르 달리는 1904년 5월 11일 스페인 카탈로니아 북부의 작은 마을 피게라스에서 공증인의 둘째 아들로 태어났다. 그의 아버지 「돈 살바도르 달리」는 예술에 대해 깊은 관심을 가졌으며 집안도 중류층에 속하는 비교적 좋은 환경을 이루고 있었다.

달리가 태어나기 3년 전에 이미 죽은 그의 형 이름을 그대로 물려받은 그는 자신에게서 죽은 형의 모습을 찾으려는 데에 강한 반발 의식을 가지고 있었다. 후일 그는 「나는 결코 죽은 형은 아니며 살아 있는 동생이라는 것을 항시 증명하고 싶었다.」라고 말한 것으로 보아 항시 자신의 형에 대한 콤플렉스에 빠져 있었던 것으로 짐작된다.

한편 그의 어머니는 그에게 「너의 형은 십자가의 그리스도에 귀일(歸一)하였노라.」고 들려주곤 함으로써 어린 달리를 신비의 혼란 속에 빠지게 하였으며 그의 극히 내성적이며 수줍던 성격이 때로 격렬한 폭발을 보인 것도 이 사실과의 깊은 관련을 보인다. 후일 달리는 종교화에 대해 대단한 집착을 보이는데 그의 대표작 〈십자가의 聖 요한의 그리스도·P. 42〉는 이때부터 받은 자극에서 기인하는 것이라 보겠다.

그는 어릴 적부터 하얀 암벽이라든가 심연의 바다 등에 경이의 눈길을 보내고 있었다. 이렇게 그는 어릴 적 그가 경험한 바 있는 카다퀘스에 대한 강한 애착을 가졌고, 결국 그의 예술은 그것에서 잉태되었다고 볼 수 있다.

1922년 마드리드 미술 학교에 입학한 그는 학교의 수업에는 만족치 않고 인상파, 점묘파를 거쳐, 미래파, 피카소의 큐비즘 등에 관심을 가지기에 이르렀다.

이듬해에는 이탈리아의 형이상 회화의 화가 키리코를 알고 나서 몹시 흥분하기도 했는데 그의 초현실적 성향은 그것에서 비롯되었다고 볼 것이다.

그후 1925년 피카소의 신고전주의에 대한 관심을 가져 실험을 거듭했지만 엄격한 기하학에 이내 싫증을 느끼고 만다. 그 밖에도 베르메르, 벨라스케즈, 라파엘로에까지 관심을 보여 달리의 고전화에 대한 집착은 평생 그의 생애를 통해 일관되어진다. 단 그것은 통념의 복고가 아닌 그나름 특유의 기법에 의한 것이었는데 그것은 근대를 지극히는 강력한 동기가 되었다.

미술 학교 재학 시절 반정부 활동 혐의로 잠시 감옥에 갇힌 바 있는 그는 차츰 무정부적인 타락된 생활이 심화되어 그로 인해 1926년 퇴학 처분을 받고 귀향케 되었다.

1927년은 그에게 있어 기념비적인 해가 되었다. 파리로 나온 그는 피카소를 만나 새로운 생활을 시작하게 되고 그의 그림은 여태까지와는 달리 놀라운 변모를 보인다. 이 시절 그는 피카소의 영향을 직접 받으면서도 그에 구애되지 않았고 미로와의 접촉을 갖고 초현실주의 화가들과도 인연을 맺게 된다. 드디어 그는 초현실주의 화가로서 본격적인 활약을 하기 시작한다. 그 외에도 큐비즘, 미래파, 형이상 회화파 등에서 얻은 영향이 그나름의 독특한 회화로 이르는 바탕이 된다.

1929년 카다퀘스의 집에는 많은 손님을 맞게 되는데 그들 중 러시아 태생 폴 엘뤼아르의 부인 엘레나(갈라)에게서 운명적인 만남을 직감하고 그녀에게 짙은 연민의 정을 느낀다. 파리에서 한 번 만나 본 적이 있는 그들을 카다퀘스에 방문토록 초청한 것이다. 두 번째의 만남에서 달리는 돌발적인 웃음과 이상한 행동 등으로 그녀의 주의를 끌기 위해 노력하였으며, 그녀 역시 그러한 그의 열정에 못이겨 그에게 이끌리고 만다. 극도의 불안정한 정신 상태에서 벗어나려던 그는 「그녀야말로 나를 치유해 줄 것이다.」라고 믿고 있었으며 그녀에게서 새로운 돌파구를 찾고자 했던 것이다.

다시 파리로 돌아온 그들은 1929년 말 파리에서의 작품전이 열리는 도중, 홀연히 그곳을 잠적, 사랑의 도피 여행을 떠나 깊은 사랑에 빠져들었으며, 달리는 그때 요람 속의 기쁨을 재음미하기에 이른다. 한때, 달리는 기억의 근원은 태아 적부터 시작되었음을 암시하는 듯 그 요람의 세계를, 「거기는 정말 성스러웠다. 그야말로 천국이었다.」라고 회상하기도 했다. 그는 폐쇄된 그 호텔의 방 속에서 갈라와의 생활을 통해 태아의 아늑한 꿈을 만끽한 것이다.

그들은 곧 카다퀘스로 돌아와 그곳에서 조금 떨어진 리가트 항에 조그만 방을 구해 새 생활을 시작하였다.

타인의 아내를 가로챈 아들의 부도덕에 노한 아버지는 결국 그에게 절연장을 보내기에 이르렀고 달리는 그 충격으로 삭발한 채, 먹다 남은 섬게 껍질과 함께 그 깎아 버린 머리카락을 흙 속에 묻고 말았다. 그 매장은 곧 그를 낳고 기른 아버지와 가정이었으며 결국 그는 혈연을 잃은 대신 보다 정신적이며 숙명적인 갈라를 획득하게 된 것이다. 그는 그녀로 인해 참다운 달리로서 성장하게 된 것이다.

달리의 수많은 작품 속에는 갈라가 출현케 되고 모든 여성의 모습이 갈라로 변신되었다. 심지어 성모 마리아의 모습에 이르기까지도 갈라의 형상으로 대신되었던 것이다. 그것은 정신적 노이로제에서 고통받는 그를 구하고 치유한 것이 갈라였기 때문이다. 아마 수많은 화가들 중 달리만큼 여자의 내조와 영향을 받은 사람도 드물 것이다.

또하나 달리의 예술에 큰 영향을 준 것은 그가 성장한 카다퀘스의 해안과 리가트 항이다. 태양이 불타고 바닷물이 섬, 바위들 사이로 넘나드는 곳에서 변덕스런 그의 기분을 억제하였던 것이다. 그는 리가트 항에 대해 「세계에서 가장 불모의 고장이요, 아침은 난폭하고 거친 명랑함을, 저녁은 기분나쁜 비애를 가끔 느끼게 하는 곳이다.」라고 하였다. 이런 특이한 환경이 그의 작품 속에 나타나는데 그것은 황량한 땅이지만 깊숙이 위치한 마치 자궁 안과 같은 평안함을 주는 곳이었기 때문이다.

달리는 「천재의 일기(1964)」에서 「미치광이인 체하며 피타고라스적 정확성을 갖춘 인간.」이라고 스스로를 말하고 있다. 전후(戰后)의 달리는 겨우 합리와 비합리를 변증법적으로 통합하기에 이르며 아직 그는 정력적인 활동을 계속하고 있다.

작가 연보

달리 Salvador Dali (1904~1989)

1904년 5월 11일, 프랑스 국경에 가까운 스페인 동북부 지방 피게라스에서 출생. 부친은 공증인.

1908년(4세) 누이 동생 아나 마리아 출생.

1913년(9세) 이때부터 유화 등을 그리기 시작.

1917년(13세) 이때부터 19년까지 피게라스 미술 학교 교사인 호앙 누네스의 지도를 받음. 19세기 스페인 풍속화가들의 그림을 사랑했고, 또한 인상파, 점묘파(點描派)의 영향을 받음.

1920년(16세) 이즈음 보나르와, 이탈리아의 미래파(未來派) 화가 카리엘 등의 영향을 병행해서 받음.

1921년(17세) 마드리드 국립 미술 학교에 입학. 프라도 미술관에 자주 다님. 입체파의 영향을 받아, 다다 운동의 주변에 있는 여러 그룹과 광범하게 접촉. 로루카, 브뉘엘과 알게 되었고 이후 친교를 두텁게 함.

1922년(18세) 10월, 바르셀로나의 화랑에서 개최한 학생 그룹전에 회화 8점을 출품.

1923년(19세) 이때 이탈리아의 形而上派, 그레코, 카를로 카르라의 영향을 받음.

1924년(20세) 학생을 선동했다는 이유로 1년간 정학 처분을 받았고, 5월에는 반정부 활동 혐의로 단기간 투옥됨.

1925년(21세) 마드리드 미술 학교에 복학. 11월 바르셀로나에서 최초의 개인전. 유망한 신인이란 평을 받음. 이때부터 27년경까지 헤르에의 사실주의, 피카소의 신고전주의, 큐비즘의 영향을 다분히 받은 작품을 제작.

1926년(22세) 10월. 미술사의 답안 제출을 거부, 마드리드 미술 학교에서 제적됨. 연말에서 연초까지 달마화랑에서 두 번째 개인전.

1927년(23세) 겨울, 파리로 가서 피카소를 만남. 〈달빛 비친 정물〉, 〈피는 꿀보다 달콤하다〉 등 달리의 독창성을 나타낸 최초의 작품을 제작. 학생 시절부터 이때까지 프로이트의 정신 분석학을 열심히 탐독, 그 영향이 일생을 지배한다.

1928년(24세) 짧은 기간 동안 에른스트, 알프, 미로의 영향을 받음. 10월~12월, 피츠버그에서 열린 제27회 카네기 국제 미술전에 〈빵 광주리〉, 〈아나마리아〉 등을 출품하여 미국과의 교류가 열린다. 겨울에서 다음 해까지 파리 체재. 미로를 통해 초현실주의 그룹의 시인과 화가들을 소개받음.

1929년(25세) 여름, 달리 숙소에 마그리드 부처, 폴 엘뤼아르, 갈라 부인 등이 방문한 것이 계기가 되어 달리와 갈라 부인은 사랑에 빠진다. 친구 브뉘엘과 공동으로 전위 영화 「앙타르치아」를 제작. 3개월 동안 파리에서 상연. 10월 20일~12월 5일, 코망 화랑에서 파리